D1984356

Der goldene Kegel

Gabriele Beyerlein

Der goldene Kegel

Thienemann

Wäre sie an seiner Stelle!

Mara stellte sich auf die Zehenspitzen und sah gespannt über die Palisadenwand zu ihrem Vetter Taros auf den See hinaus. »Da ist der Wels!«, schrie Taros. »Ein ausgewachsener Kerl! Ein Riesenfisch!«

Mara biss sich auf die Lippen. Dürfte sie wenigstens bei Taros im Boot sein! Ob der Fisch wirklich so groß war?

Taros verfolgte ihn, sie konnte es daran erkennen, wie ihr Vetter, im Einbaum stehend, mit dem langen Paddel ins Wasser stach: Er trieb nicht nur das Boot vorwärts, er trieb den Raubfisch vor sich her und auf die Stellnetze zu. Aber den Fisch sah sie nicht.

Taros stand allein im Einbaum. Zum ersten Mal sollte er heute auf sich selbst gestellt den Kampf mit einem Wels aufnehmen. Sein Vater und die anderen Männer hatten versprochen sich zurückzuhalten.

Einen Wels jagen. Den größten Raubfisch des Sees. Ob es

Taros gelingen würde? Konnte Taros den Fisch wirklich allein aus dem Wasser heben? Wenn er wild um sich schlug? Schon manches Mal war ein Wels stärker gewesen als selbst ein erfahrener Fischer.

Und sie stand hier, auf dem Steg hinter der breiten und mächtigen Palisade, die aus den in den Seeboden gerammten Kiefernstämmen errichtet war, und konnte nichts tun, als von ferne zusehen!

Eigentlich durfte sie nicht einmal das. Die Töpfe sollte sie putzen ...

Töpfe putzen, jetzt, wo die Männer so nahe an der Dorfinsel fischten! Da musste sie einfach zuschauen. Schließlich hatte Taros so damit geprahlt, dass er einen Wels besiegen würde, er ganz allein!

Jetzt näherte er sich mit seinem Einbaum den Stellnetzen. Im Wasserarm zwischen Land und Insel waren sie gespannt – von der Anlegestelle am Ufer herüber zur Palisade, die das Dorf auf der kleinen Insel schützte.

»Mein Bruder schafft es! Bestimmt!«, hörte sie hinter sich Veltos sagen, den mittleren der Söhne ihres Onkels Vicos. »Und nächstes Jahr bin ich so weit!«

Sie antwortete nicht, beobachtete weiter Taros. »Das möchte ich auch«, sagte sie leise vor sich hin, nur zu sich.

»Was möchtest du?«, fragte Veltos. »Doch nicht etwa einen Wels fangen?«

»Warum nicht?« Streitbar drehte sie sich zu ihm um.

Er grinste. »Du! Ein Mädchen!«

Wie sie dieses Grinsen hasste! »Na und!«, zischte sie.

»Dazu bist du viel zu schwach! Und außerdem kannst du nicht einmal im Stehen einen Einbaum steuern!«

»Weil dein Vater es mir nie erlaubt! Nie darf ich es auch nur versuchen! Nie darf ich es üben! Nie darf ich allein den Einbaum nehmen!«

Veltos zuckte die Achseln. »Er wird schon wissen, warum. Ein Einbaum hat seinen Wert.«

»Ihr dürft es schließlich auch!«

»Das ist doch etwas ganz anderes!«

Sie schwieg, schüttelte den Kopf. »Aber ich könnte es«, sagte sie schließlich.

»Nie und nimmer!«

In diesem Augenblick hörte sie vom See einen Schrei. Sie fuhr herum, suchte mit den Augen Taros, fand ihn nicht. Sein Einbaum war gekentert.

Jetzt tauchte Taros im Wasser auf. So war der Wels also doch der Stärkere gewesen. Und sie hatte den entscheidenden Augenblick verpasst!

»Mara!«, rief die Tante.

Sie tat, als höre sie nicht.

»Mara! Sofort kommst du her und putzt weiter!«

Mara verzog das Gesicht. Hätte Tante Eta nicht noch länger im Haus bleiben können? Musste sie gerade jetzt merken, dass sie, Mara, ihre Arbeit im Stich gelassen hatte, um beim Fischen zuzusehen?

Schon wieder hörte sie ihre Tante rufen. Nun klang die Stimme ernsthaft böse. Mara seufzte. Diesen Ton kannte sie. Jetzt wurde es Zeit zu gehorchen.

Widerwillig lief sie den Steg an der Palisadenwand entlang und auf einer der schmalen, einfachen Holzbrücken über den Wassergraben zwischen Palisade und Dorfinsel, kniete auf den Steinen der Uferböschung nieder. Die Tante schimpfte noch immer. Mara achtete nicht darauf.

Den ganzen Tag musste sie schon putzen. Nur, weil bald das Sonnenfest war. Schön war es ja, das Fest. Aber diese wochenlangen Vorbereitungen! Dauernd wurde sie von ihrer Mutter und ihren beiden Tanten eingespannt! Wenn wenigstens noch ein anderes Mädchen in ihrer Familie wäre – zu zweit könnte die Arbeit vielleicht ganz lustig sein. Aber so! Von den Jungen verlangte niemand, dass sie beim Putzen halfen.

Mara streute feinen Sand auf die rußschwarze Außenseite des Tontopfes und begann ihn zu scheuern.

»Er muss sauber sein wie neu!«, befahl die Tante.

Mara tauchte den Topf ins Wasser, spülte Sand und Ruß ab. Bis zum Sonnenfest würde er wieder so schwarz sein wie zuvor.

Das Sonnenfest – früher hatte ihr Vater die Opferfeier geleitet. Früher, als er noch gelebt hatte.

Mara stellte den Topf auf die Steinplatten, ließ die Hände sinken.

Ihr Vater …

Er war ganz anders gewesen als Onkel Vicos, darin war sie sich sicher. Wie oft hatte sie in seiner Werkstatt gesessen und zugesehen, wenn er Bronze geschmolzen, gegossen, gehämmert hatte. Und seinen Geschichten zugehört.

Sie blickte über die Schulter zurück. Sie sah nichts als die

Rückwand des Gehöftes ihrer Familie. Tante Eta war gegangen. Niemand kümmerte sich um sie und Veltos an der Palisade achtete nur auf die Fischer. Also konnte sie ihn hervorholen, ihren Schatz, die Erinnerung an den Vater.

Sie ging ein paar Schritte am Ufer entlang bis zur nächsten Brücke hinter dem Stall, bückte sich und zählte die Steine ab. Am Rand der Brücke, unter dem dritten Stein oberhalb der Wasserlinie, war das Versteck. Schon lange hatte sie ihren Schatz nicht mehr in Händen gehalten.

Sie grub mit den Fingern unter den großen flachen Stein. Merkwürdig, wie fest er saß. Endlich hatte sie ihn gelockert. Er ließ sich hochheben. Unter dem Stein war – nichts.

Sie ließ ihn wieder fallen, sprang auf, stieß sich hart den Kopf am Brückenbalken, Tränen trieb es ihr in die Augen, nicht nur vom Schmerz.

Oh, diese Schufte, diese Schurken! Ihre Vettern, nirgends war sie vor ihnen sicher, nichts konnte sie vor ihnen hüten! Nun hatten sie also auch ihr größtes Geheimnis entdeckt! Und gestohlen! Was hatten sie damit gemacht? Sie musste es wieder zurückhaben! Doch welcher von ihnen war es gewesen? Taros? Veltos? Oder beide gemeinsam? Nur einer schied aus: Litos! Der würde so etwas nicht tun.

Noch einmal kauerte sie sich hin, zählte die Steine ab. Der dritte oberhalb der Wasserlinie. Der vierte unterhalb des Brückenlagers. Doch halt, wie war das möglich? Nur fünf Reihen Steine befestigten das Ufer am Rand der Brücke zwischen Auflager und Wasser.

Es waren sechs gewesen.

Plötzlich fror sie.

Da war sie wieder, die Angst. Die gleiche Angst, die sie empfand, wenn sie bei Sturm das Klatschen der Wellen gegen die Palisaden hörte; wenn sie sah, wie die Erwachsenen mit besorgten Gesichtern die unterspülten Uferstellen musterten oder in die aufziehenden Wolken blickten; wenn nach einem der vielen Gewitter losgerissene Schilfinseln über den See trieben und das Wasser dunkel war von weggeschwemmtem und aufgelöstem Moor; wenn die Erwachsenen leise miteinander redeten und auf einmal verstummten, sobald ein Kind in ihre Nähe kam.

Der See. Er war schon wieder gestiegen.

Fetzen dunkler Andeutungen gingen ihr durch den Kopf, die sie heimlich belauscht hatte: die feindlichen Mächte – die Geister der Tiefe – das Seeungeheuer …

Nein! Nicht daran denken!

Entschlossen schüttelte sie die Angst ab. Ihr war klar, dass sie sich in dem Stein getäuscht hatte. Also konnte ihr Schatz doch nicht gestohlen worden sein und das war ein Glück.

Sie hob die nächste Platte hoch, und wirklich, darunter lag das kleine Päckchen.

Sie nahm es heraus und wickelte behutsam das Lederstück und den Stofffetzen ab. Dann hielt sie die kleine runde Scheibe aus Hirschgeweih in der Hand. Diese helle Scheibe schmückte ein Muster, das an ein Rad erinnerte, ein Rad wie vom Prunkwagen eines hohen Herrn, doch leichter und zierlicher, als Mara es je zuvor gesehen hatte.

Da sah sie wieder das Gesicht ihres Vaters vor sich, wie er

mit angespannter Aufmerksamkeit dieses Muster in die Scheibe geschnitzt hatte. Sie hatte ihn dabei beobachtet und auf die Worte gelauscht, die er leise vor sich hingesprochen hatte. Am Abend vor jenem Tag war es gewesen, an dem das schreckliche Gewitter losgebrochen war. Das Gewitter, bei dem er sein Leben verlieren sollte. »Was schnitzt du da?«, hatte sie ihn schließlich gefragt und er war zusammengezuckt, hatte die Hand über die Scheibe gelegt und den Kopf geschüttelt. »Das ist ein Geheimnis«, hatte er erwidert und ihr zugelächelt, aber seine Augen waren sehr ernst geblieben. Am nächsten Abend, nach seinem Tod, hatte sie diese Scheibe gesucht und gefunden und versteckt und keinem Menschen davon erzählt, keinem einzigen, all die Jahre, bis heute nicht. Denn sein Geheimnis war nun ihr Geheimnis und sie bewahrte es, auch wenn sie es nicht verstand.

»Mara! Wo steckst du denn schon wieder!«, hörte sie ihre Mutter rufen.

Rasch wickelte sie die Scheibe wieder ein, legte sie in die Höhlung zurück, deckte den Stein darüber, kroch unter der Brücke hervor.

»Ich komme schon! Ich habe nur …« Sie brach ab. Ihr fiel keine passende Ausrede ein.

»Eta hat wirklich recht, wenn sie sich über dich beschwert! Stunden bringst du nun schon mit diesem Topf zu und er ist noch so schwarz wie zuvor!«, schimpfte die Mutter. »Hier habe ich dir noch die beiden anderen großen Kochtöpfe gebracht und du kommst nicht eher ins Haus, bevor nicht alle drei blitzblank sind!«

»Heute übernachte ich lieber im Freien«, murmelte Mara mit einem Blick auf die verrußten Gefäße.

Aber das hatte die Mutter, schon wieder im Gehen, zum Glück nicht mehr gehört.

Verbissen machte sich Mara an die Arbeit. Je sauberer der Topf wurde, desto schwärzer wurden ihre Hände.

Sie war eben fertig, da fuhren die Fischer zum Tor herein. Die Männer steuerten den Wasserweg zwischen Palisade und Insel entlang auf die Seeseite des Dorfes zu. Dort schützte ein zweifacher Befestigungsring die Insel und in dem geräumigen Wasserbecken zwischen innerer und äußerer Palisade lag der Hafen.

Taros kam als Letzter.

Mara beobachtete ihren Vetter, sah, wie sicher er am Ende des schmalen langen Bootes stand, wie geschickt er die Stange handhabte. Er steuerte nicht zum Hafen, sondern legte behutsam am Ufer in Maras Nähe an, sprang aus dem Einbaum und zog ihn an Land. Dann bückte er sich, hob den Fisch heraus und hielt ihn stolz in die Höhe.

Ein Wels. Kein großer. Ein ziemlich kleiner. Aber immerhin, ein Wels.

»Gratuliere! Du hast es also wirklich geschafft!«, sagte Mara.

Er strahlte. »Natürlich! Was denkst denn du! Mich kriegt doch ein Fisch nicht unter! Auch nicht so einer wie der da! Ein Prachtkerl ist er. Und ich sag dir, er war noch viel stärker, als er aussieht. Bestimmt wiegt er so viel wie Litos. Mehr!«

Mara lachte. Litos war sechs Jahre alt, viel größer als dieser

Wels und doppelt oder dreifach so schwer. Noch immer lachend erwiderte sie: »Sag doch gleich, er ist so schwer wie dein Vater!«

»Du bist blöd!«, schrie Taros. »Was verstehst du denn davon! Du hast ja keine Ahnung vom Fischen! Putzen, während unsereins mit dem Wels kämpft! Kümmere du dich doch um deine Töpfe und deine dreckigen Hände und red nicht über Dinge, die zu hoch für dich sind!«

Das tat weh. Sie holte tief Luft: »Ich habe dir lange genug zugeschaut, um zu sehen, dass du gekentert und in den See gefallen bist! Du bist ja jetzt noch tropfnass! Von wegen, dich kriegt ein Fisch nicht unter! Aber das war wohl ein richtiger Fisch und nicht so ein Winzling wie der da!«

Taros wurde rot. Eine steile Falte bildete sich zwischen seinen Augenbrauen. »Ach, du! Mit dir rede ich doch gar nicht! Du würdest ja schon ins Wasser fallen, wenn du mit einem Einbaum im Stehen nur geradeaus steuern müsstest!«

»Da ist sie ganz anderer Meinung!«, ließ sich Veltos vernehmen. Mara hatte nicht bemerkt, dass er hinzugetreten war. »Sie behauptet, sie könne auch im Stehen fahren, wenn man sie nur ließe!« So, wie er das sagte, klang es richtig höhnisch.

Taros lachte laut, aber noch immer war Wut in seiner Stimme: »Lächerlich!«

»Warum soll das lächerlich sein! Bloß weil ich ein Mädchen bin? Ich würde es euch schon beweisen!«

Taros zuckte verächtlich die Schultern: »Dann tu's doch!«

»Jawohl, ich tu's. Ich zeige es euch!«, stieß sie hervor.

»Die spinnt ja!«, stellte Veltos fest. »Komm, Taros, gehen wir, bring Mutter deinen Wels! Die wird staunen!«

»Warte«, erwiderte Taros. »Hast du nicht gemerkt, dass Mara uns eine Wette angeboten hat? Und ich nehme sie an. Ich will sehen, wie Mara im Stehen einen Einbaum steuert. Aus dem Hafen, durch den Graben, durchs Tor, um die Insel herum und zurück in den Hafen, ohne einmal anzustoßen! Ich wette um meine schöne versteinerte Schnecke, die Mara so gern hätte, dass sie es nicht schafft!«

»Aber das geht doch nicht!«, wandte Veltos ein. »Weil unser Vater ihr nicht erlaubt den Einbaum zu nehmen.«

»Das ist nicht mein Problem«, sagte Taros. »Soll sie ihn eben heimlich nehmen! Und wenn er sie dabei erwischt …«

Er tauschte einen hämischen Blick mit Veltos, drehte sich um und ging.

Ohne Maras Antwort abzuwarten.

Veltos folgte ihm.

»Danke fürs Mitnehmen! Ich fahre dann mit meinem Onkel zurück!«, rief Mara dem Fischer zu. Er nickte und stieß seinen Einbaum vom Landesteg ab, in den See zurück.

Mara sah ihm nach. Ganz genau hatte sie darauf geachtet, wie er im Stehen das lange Paddel führte. So schwer konnte das doch gar nicht sein.

Ihr Herz klopfte heftig. Dort drüben war das Boot von Onkel Vicos angebunden. Früh am Morgen war er zum Land gerudert, um einen Besuch in der Bussosburg auf dem Berg im Norden des Sees zu machen, und Taros und Veltos hatten ihn begleiten dürfen. In die Bussosburg! Noch nie war sie, Mara, so weit weg von zu Hause gewesen, noch nie hatte sie eine Burg gesehen! Immer nahm er nur die Jungen mit.

Sie hatte daheimbleiben und beim Bierbrauen helfen müssen. Erst hatte sie sich furchtbar geärgert, so, dass sie hätte schreien mögen. Aber dann, als Onkel Vicos zu Tante Eta gesagt hatte, er werde erst am Abend zurückkehren, hatte sie begriffen, dass dies die Gelegenheit war, auf die sie gewartet hatte. Da hatte sie besonders fleißig gearbeitet, damit sie ihre Mutter um einen freien Nachmittag bitten konnte. Nun lagen Stunden bis zum Abend vor ihr, Stunden, in denen sie es tun konnte. Langsam schlenderte sie auf den Steg zum Einbaum, blieb stehen. Noch musste sie warten, bis der Fischer weg war.

Sie blickte sich um. Wenn sie sich mit dem Boot am Rande des hohen Röhrichts hielt, könnte man sie vom Land aus nicht bemerken. Und vom Dorf? Sicher, wenn jemand die Palisaden entlangging und auf den See blickte, würde er sie entdecken, aber das würde jetzt hoffentlich keiner tun! Alle hatten doch so viel Arbeit!

Das lange Paddel lag im Boot. Der Fischer würde bald um die Insel herum verschwunden sein. Er ruderte nach Nordosten auf den freien See. Sie würde nach Südosten rudern, in die seichte Zone. Gleich.

Oder doch nicht?

»Ich darf es nicht«, meldete sich eine Stimme in ihr. »Verboten ist es. Und leichtsinnig außerdem. Und wenn Onkel Vicos etwas merkt!«

Sie presste die kalten Hände an die heißen Wangen.

Taros ließ keine Gelegenheit aus, sie an die Wette zu erinnern. Hatte sie überhaupt gewettet? Er behauptete es. Und er glaubte nicht, dass sie die Wette halten würde. Was für verächtliche Bemerkungen er heute früh gemacht hatte! Mit Veltos hatte er geredet, aber genau gewusst, dass sie es hören würde. »Mädchen gibt es«, hatte er gesagt, »die geben vor, wer weiß was zu können, doch wenn es darum geht, es unter Beweis zu stellen, dann wollen sie nichts mehr davon wissen.«

Aber sie würde es ihm beweisen! Nur üben musste sie vorher, heimlich üben. Der sollte nicht über sie lachen können! Ungerecht war das, einfach ungerecht, dass Onkel Vicos sie niemals allein das Boot nehmen ließ!

Zweimal hatte sie ihn darum gebeten. Beim ersten Mal hatte er gelacht. Beim zweiten Mal war er wütend geworden. Noch einmal zu bitten hatte sie nicht gewagt.

Nur wenn sie mit der Mutter, den Tanten oder anderen Frauen und älteren Mädchen des Dorfes von der Insel zum Land gerudert war, um auf den Getreidefeldern oder Gemüsebeeten zu arbeiten oder um Beeren oder essbare Pilze zu sammeln, hatte sie manchmal probieren dürfen das Boot mit dem kurzen Paddel zu steuern. Im Knien oder Sitzen, wie es die Frauen machten. Im Stehen zu paddeln wie die Männer war schwer zu erlernen, sie wusste es. Oft genug hatte sie Taros davon reden hören. Aber es musste doch zu schaffen sein!

Noch einmal blickte sie sich um, dann löste sie die Leine, stieg ins Boot, suchte es im Stehen im Gleichgewicht zu halten, nahm das Paddel und drückte sich ab. Langsam drehte sich der Einbaum im Kreis, stieß mit dem schlanken spitzen Bug gegen einen der Pfosten, die den Steg trugen. Mara schwankte. Ihr wurde heiß.

Lieber erst einmal auf die vertraute Art paddeln! Lieber erst einmal weg von dieser Stelle, an der sie jeden Augenblick damit rechnen musste, entdeckt zu werden! Im Stehen zu paddeln würde sie dort drüben üben, wo sie keiner sehen konnte.

Vorsichtig kniete sie sich im Boot hin, griff das Paddel kurz, brachte den Einbaum in die gewünschte Richtung und paddelte los. Wie es die Mutter ihr gezeigt hatte, stach sie das Paddel abwechselnd rechts und links des Einbaums ins Wasser, schob ihn so vorwärts.

Sie schaute zur Insel. Vom Dorf sah sie nicht mehr als die Giebel und die schilfgedeckten Dächer, alles andere war von der mehr als zwei Mann hoch aus dem Wasser herausragenden Palisade verdeckt. Mit einem ängstlichen Blick suchte sie die Höhe der festen Pfahlwand ab, fuhr mit den Augen die breite Brüstung entlang, die aus den miteinander verflochtenen Spitzen der Kiefernstämme gebildet wurde: Nein, nirgendwo tauchte ein Kopf auf. Sie wurde nicht beobachtet.

Sie ließ das Dorf hinter sich, bog um eine weit in den offenen See hineinragende Zunge des Röhrichts, paddelte langsamer weiter, ließ sich schließlich nur noch treiben.

Auf einmal wurde ihr ganz warm vor Glück. Zum ersten Mal war sie ganz allein auf dem Wasser! Sie hatte es geschafft.

Schön war es hier. Weiß und gelb leuchteten die großen Sterne der Seerosen auf ihren dunklen Blättern. Mit hohen, spitzen Schreien schwamm eine Blässhuhnfamilie an ihr vorbei. Eine Seeschwalbe landete bei ihren Küken auf dem Schwimmrasen, ein großer Graureiher erhob sich aus den Binsen. Im Schilf knisterte und knackte es.

Plötzlich stieg mit lautem Geschrei ein Schwarm Möwen

auf. Ein Raubvogel musste in der Nähe sein. Sie suchte den Himmel ab. Da sah sie, dass von Westen her Wolken aufzogen. Hoffentlich gab es kein Gewitter!

Sie musste zurück, ehe es näher kam.

Aber sie hatte ja noch gar nicht versucht, was sie sich vorgenommen hatte!

Rasch stand sie auf. Zu hastig. Der Einbaum schwankte bedenklich.

Wie weit war sie eigentlich vom Landesteg entfernt? Wie lange würde sie dorthin brauchen? Nein, sie durfte keine Zeit mehr verlieren. Wenn das Wetter umschlug! Ein Gewitter auf dem See war lebensgefährlich.

Ein Gewitter so wie damals, als ihr Vater …

Ihre Hände zitterten, als sie das Paddel am Ende der langen Stange fasste. Heftig stieß sie es ins Wasser. Der Einbaum fuhr ins Röhricht.

Aber da sollte er ja nicht hin! Wie leicht konnte man zwischen den hohen Binsen die Richtung verlieren!

Schnell versuchte sie gegenzulenken, doch plötzlich wusste sie nicht mehr, wie sie das machen musste. Das Boot fuhr noch tiefer ins Röhricht.

Panik stieg in ihr hoch. Wild paddelte sie herum, stand unsicher im schaukelnden Boot, endlich schaffte sie es, die Seefläche wieder zu erreichen, schaute voller Angst zum Himmel, waren die Wolken nicht schon näher gekommen? Die Augen auf diese Wolken gerichtet, tauchte sie das Paddel wieder ein, viel zu tief. Irgendworan fand es Widerstand, hastig wollte sie es zurückziehen, verlor das Gleichgewicht, stand einen Atemzug lang schwankend im sich neigenden Boot, fuhr mit den Armen in die Luft.

Dann fiel sie ins Wasser.

Flach war es und beinahe warm. Ihre Füße traten in den weichen Schlamm. Sofort sanken sie ein. Ein Sog schien von diesem matschigen Untergrund auszugehen, der sie tiefer zog. Und dann schlang sich etwas um ihre Beine. Entsetzt schrie sie auf.

Die Geister der Tiefe, sie zogen sie hinab! Nach nichts verlangten sie mehr als nach dem Leben eines Kindes!

Dort trieb der Einbaum. Mit äußerster Anstrengung langte sie nach ihm, klammerte sich fest, kämpfte verzweifelt, um sich von diesen schrecklichen Armen zu befreien, die sie festhielten, wollte sich seitlich ins Boot ziehen. Da kenterte es.

Wieder tauchte sie unter Wasser. Nun strichen diese Arme auch über ihren Rücken, griffen nach ihrem Hals! Sie trat und ruderte mit den Händen, endlich bekam sie das Boot zu fassen, das nun mit der flachen Unterseite nach oben im Wasser lag. Erschöpft legte sie die Arme darum. Schließlich wagte sie einen scheuen Blick ins Wasser, zu dem Unbekannten, das noch immer ihre Beine umfing, und sah – Schlingpflanzen, Laichkraut.

Doch nicht die Geister der Tiefe.

Sie versuchte zu lachen.

Es klang eher wie ein Schluchzen.

Wie sollte sie je wieder herauskommen? Schwimmen war unmöglich. Im offenen See, ja. Aber nicht hier zwischen den Schlingpflanzen.

Durch das Wasser zu laufen war erst recht unmöglich, auch wenn es flach war. Dieser schreckliche Untergrund! Nicht daran zu denken, von hier aus das feste Land zu erreichen. Sie wusste, hier im Süden des Sees dehnte sich schier endlos das Röhricht und dahinter das tückische Ried. Unbegehbar für jeden Menschen.

Der Einbaum war gekentert, wie sollte sie ihn wieder umdrehen? Und das Paddel hatte sie auch verloren.

Ihr blieb nichts anderes, als um Hilfe zu rufen.

Aber keiner würde sie hören. Sie war zu weit weg von der Dorfinsel, zu weit weg vom festen Land und zu weit weg von den Fischern.

Am Abend, wenn Onkel Vicos seinen Einbaum vermisste und wenn auffiel, dass sie nicht im Dorf war, ob man sie dann suchen würde? Ob Taros und Veltos dann ahnen würden, dass sie mit dem Einbaum losgefahren war?

Aber woher sollten sie wissen, wohin sie gepaddelt war!

Und außerdem würde es dann schon zu spät sein.

Denn die Wolken zogen immer dichter herauf.

Vorhin noch hatte sie sich nichts Schlimmeres vorstellen können, als von Onkel Vicos entdeckt zu werden. Was würde sie jetzt darum geben! Ganz gleich, wie böse er dann sein und wie streng er sie bestrafen würde. Ganz gleich.

»Vater, bitte hilf mir! Vater!«, flüsterte sie, barg das Gesicht in den Armen, lag so, halb schwimmend, über dem umgekippten Einbaum, konnte nichts mehr denken, wiederholte nur immer und immer wieder dieses eine Wort: »Vater.« Sie griff nach der Perle, die sie an der Lederschnur um den Hals trug, die Perle aus blauem und grünem Glas, die der Vater ihr zum Schutz vor Unheil, Gefahr und allem Bösen geschenkt hatte, presste sie an die Lippen.

Endlich richtete sie sich ein wenig auf, schaute zum Himmel: Schwarz waren die heraufziehenden Wolken. Fast hatten sie die Sonne erreicht. Bald würden sie über ihr, Mara, sein … Ihr Blick irrte über den See. Da sah sie das Funkeln. Ein blendendes Glitzern und Leuchten. Ein helles Licht, das über das Wasser schwebte!

Die Wolken verdeckten die Sonne. Das Glänzen erlosch. Doch nun sah sie das Floß.

Gleichmäßig glitt es vom Ostufer kommend über das Wasser. Sie wusste sofort, dass es zur Insel fuhr.

Sie schrie. Schrie aus Leibeskräften und winkte weit ausholend mit dem einen Arm, während sie sich mit dem anderen noch immer festhielt.

Wurde sie gehört?

Unbeirrt blieb das Floß auf seinem Kurs.

Sie schöpfte tief Atem und schrie noch lauter.

Das Floß schien zu verharren, sich nicht mehr fortzubewegen. Nein, jetzt erkannte sie es: Es kam auf sie zu. Es kam tatsächlich auf sie zu!

Sie weinte. Vor Erleichterung und vor Dankbarkeit.

Ihr Vater. Bestimmt hatte ihr Vater dieses Floß geschickt.

Zwei Menschen waren darauf und ein Tier.

Das Floß kam näher.

Nun konnte sie schon deutlicher sehen: Zwei Männer waren es mit einem Pferd.

Nicht mehr lang und das Floß hatte sie erreicht.

Gerettet.

Den Fährmann mit der langen Stange kannte sie, er wohnte in einem Weiler am Steilufer im Osten und versah öfter Fährdienste. Der andere war ein Fremder. Ein Vornehmer. Ein so reich ausgestatteter Vornehmer, wie Mara es noch nie gesehen hatte.

Sie konnte den Blick nicht von ihm wenden. Er stand da, leicht auf seine Lanze gestützt, einen runden Schild tragend, der ganz mit Bronzeblech beschlagen und über und über mit in die Bronze getriebenen Mustern verziert war: kreisförmigen Ornamenten und Vögeln – Schwänen? Die gleichen Ornamente und Vögel kehrten wieder im aus unzähligen Bronzenieten gebildeten Muster seines Umhangs, schmückten diesen langen und sehr weiten Mantel aus Hirschleder in breiten Bändern um den Halsausschnitt und am Saum. Aus Hirschleder waren auch seine Hosen, sein Kittel aber aus feinem, in verschiedenen hellen Tönen gewebtem Tuch. Mehrere schwere bronzene Armreifen trug er – und ein Schwert, ganz und gar aus Bronze, auch der Griff, in zwei schön gewundenen Schnecken endend.

All diese viele Bronze war glänzend poliert und schimmerte golden. Wie musste sie erst funkeln, wenn die Sonne daraufschien!

Jetzt wusste Mara, woher das Licht auf dem See gekommen war.

Scheu sah sie dem Fremden ins Gesicht. Nein, er sah nicht hochmütig oder finster aus, sondern beinahe freundlich.

Er kniete sich auf das Floß, streckte ihr die Hand hin und zog sie herauf.

»Ein Mädchen!«, sagte er. »Ein Mädchen mutterseelenallein mit einem gekenterten Einbaum! Oder warst du nicht allein? Steckt hier noch jemand im Schilf?«

Sie schüttelte den Kopf. Seine Stimme klang sehr dunkel und melodisch, auf eine schöne Art fremd.

»Setz dich da in die Mitte!«, wies er sie an und dann den Fährmann: »Hilf mir den Einbaum umzudrehen!«

Wenig später fuhr der Einbaum angebunden hinter dem Floß her. Sogar das Paddel hatte der Fremde gefunden und geborgen.

»So«, erklärte er und musterte sie, »jetzt sagst du mir, was du hier gemacht hast!«

»Ich habe«, stotterte sie, »ich wollte, ich meine, ich musste doch …«

Er runzelte die Stirn. »Wer hat dich auf den See geschickt? Allein? Mit so einem großen Einbaum! Und bei dem unsicheren Wetter!«

Sie schluckte. »Niemand«, gestand sie. Sie spürte selbst, wie sie rot wurde.

Er hob die Augenbrauen. »Bist du etwa ohne Erlaubnis gefahren, ohne dass es jemand wusste?«

Sie nickte, schaute auf ihre bloßen Füße. »Weil Taros mir nicht glauben wollte, dass ich im Stehen paddeln kann wie die Männer beim Fischen«, sagte sie leise. Plötzlich schämte sie sich entsetzlich.

»Und du kannst es, was?«

Unsicher sah sie ihn an. Ein leichtes Lächeln zuckte um seinen Mund, doch dann wurde er sehr ernst.

»Ist dir klar, was geschehen wäre, wenn nun keiner hier vorbeigekommen wäre? Mein Pferd lahmt auf der Hinterhand. Nur deswegen habe ich mich über den ganzen See setzen lassen, sonst wäre ich außen herum geritten. Du hast großes Glück gehabt, weißt du das?«

Wieder nickte sie.

»Mach das nicht noch einmal, hörst du?«

»Bestimmt nicht! Und – danke.« Der Fährmann war inzwischen um die Zunge des Röhrichts herumgefahren. Schon sah man die Insel: die mächtige aus dem Wasser aufragende Palisadenwand, die Dächer. Der Fremde wies darauf: »Wohnst du da?«

»Ja.«

»Dann kennst du Riacos!«

Dieser Name fuhr ihr tief ins Herz. Es gab nur einen, der so hieß, so geheißen hatte: ihr Vater.

Warum zitterte sie auf einmal?

»Er war mein Vater«, erwiderte sie mühsam.

Der Fremde fasste sie an der Schulter. »War?«, fragte er drängend. »Heißt das ...?«

Sie nickte. »Er ist tot. Seit vier Jahren schon.«

Sie konnte nicht weitersprechen.

Auch der Fremde schwieg. Er hatte sich abgewandt. Sie konnte sein Gesicht nicht sehen. Stumm schaute er der Insel entgegen, der sie sich näherten. Plötzlich erschien er ihr sehr traurig und irgendwie ferngerückt.

Lange sprach keiner mehr ein Wort.

»Habt Ihr meinen Vater gekannt?«, fragte Mara schließlich zögernd.

Er nickte. »Ja«, antwortete er sehr leise. »Ich habe ihn gekannt. Mehr als gekannt. Es gab eine Zeit in unserem Leben …« Er unterbrach sich, schwieg, sprach dann lauter weiter: »Seinetwegen bin ich hierhergekommen, um ihn wiederzusehen, mich mit ihm zu beraten. Und um ihn zu warnen.«

Mara traute sich nicht nachzufragen. Angespannt wartete sie, dass er weitersprechen würde. Warnen – wovor?

Doch dann sagte der Fremde wie im Selbstgespräch nichts als: »Riacos. Welch unersetzlicher Verlust!«

Wieder herrschte langes Schweigen, bis sich mürrisch der Fährmann vernehmen ließ: »Da zieht ein Gewitter auf! Ich kann nicht mehr zurück über den See. Ich habe es Euch ja gleich gesagt!«

Der Fremde zuckte die Achseln. »Du bleibst eben im Dorf, bis es vorüber ist! Ich entlohne dich entsprechend. Fahr durch das Tor in den Hafen!«

Jetzt erst fiel Mara der Einbaum wieder ein. »O bitte«, stotterte sie und brach verlegen wieder ab.

»Ja? Was ist?«, fragte er, als sei er mit seinen Gedanken ganz woanders.

»Könnten wir vielleicht um die Insel herum zum Landesteg am Ufer? Es ist nämlich so, ich muss den Einbaum, ich meine, Onkel Vicos braucht ihn, er ist in die Bussosburg, und wenn er zur Insel will …«

»... merkt er, dass du seinen Einbaum genommen hast. Und das soll er wohl nicht merken, wie?«

Sie sah ihn lieber nicht an.

»Also gut, fahr an Land!«, wies er den Fährmann an. »Sorgen wir dafür, dass Vicos sein Boot vorfindet!« Und dann sagte er sehr bestimmt zu Mara: »Aber du selbst wirst es deinem Onkel gestehen! Versprochen?«

»Muss das sein?«, fragte sie erschrocken.

»Ja. Das muss sein!«, erwiderte er fest.

Sie schluckte. Dann nickte sie langsam. »Versprochen!«

Das Floß lenkte in den Wasserarm zwischen Insel und Land. Der Fremde blickte beunruhigt von den Palisaden der Insel zum Ufer und wieder zurück. »Vor sechs Jahren, als ich das letzte Mal hier war, lag das Land noch viel näher!« Eine starke Betroffenheit war in seiner Stimme.

Der Fährmann sah kurz auf, legte die Hand beschwörend auf den Mund. »Nicht hier davon sprechen! Nicht auf dem See!«, warnte er hastig. Er griff nach seinem Amulett, dem durchbohrten Eberzahn, der an seinem Gürtel hing.

Der Fremde fuhr sich mit der Hand über die Stirn. »Also auch hier«, sagte er nachdenklich. »Wo man hinkommt, die Zeichen.«

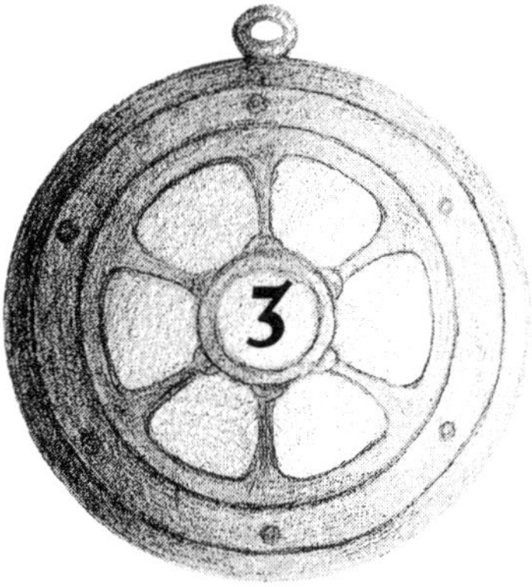

Mara stand an der Brücke und sah zum westlichen Tor hinüber. Durch dieses Tor würde Onkel Vicos hereinfahren. Sie hatte den Fremden ins Gehöft ihrer Familie geleitet und sich schnell umgekleidet. Die Mutter und die Tanten waren sehr aufgeregt gewesen und hatten den Gast in den großen Wohnraum gebeten, zum Ehrenplatz geführt, mit Bier bewirtet, für alles Mögliche um Entschuldigung gebeten, Onkel Donnos herbeigeholt und sie, Mara, geschickt, auf Onkel Vicos zu warten und ihn zu verständigen.

Da stand sie nun und sah zu dem Tor und wusste, dass sie dem Onkel die Sache mit dem Einbaum sagen musste. Gleich.

Vielleicht würde er gar nicht mehr über den See fahren können! Der Himmel war schon dunkel, beinahe schwarz, aber noch war es windstill, eine schwere, unheimliche Stille. Die Stille vor dem Sturm.

Sie ballte die Hände zu Fäusten. »Er wagt sich nicht mehr auf den See. Er muss am Festland bleiben. Bestimmt!«

Aber wenn er doch noch kam?

Ihr Mund war so trocken. Sie würde keinen Ton herausbringen. Keinen einzigen Ton.

Sie würde es ihm gar nicht sagen können.

Aber sie hatte es versprochen.

Und sie sah es ja ein. Auch ihr Vater hätte das von ihr erwartet.

Trotzdem …

Der Bug eines Einbaums tauchte im Tor auf, dann das ganze Boot.

Er war es. Onkel Vicos mit Taros und Veltos. Er legte an, zog das Boot weit aufs Land, nickte ihr kurz zu, wollte schon an ihr vorbei. Da trat sie ihm in den Weg. Und dann sagte sie es. Ganz schnell, damit es heraus war. Und ohne ihn anzusehen. Wie sie den Einbaum genommen habe, sagte sie, und dass es ihr leidtue, und wie sie gekentert sei und der Fremde sie gerettet habe.

Von der Wette sagte sie nichts. Weil Taros und Veltos dabeistanden. Und überhaupt.

Erst war der Onkel richtig erschrocken. Dann wurde er wütend. Schrecklich wütend. Aber genau in dem Augenblick, in dem es ganz schlimm wurde, war der Fremde da und sagte: »Vicos!«

Der Onkel wandte sich ihm unwillig zu, starrte ihn an, stand einen Augenblick mit offenem Mund da, fasste sich dann und streckte ihm beide Hände entgegen: »Camos!«, sagte er. »Herr! Ihr! Welche Ehre für mich, mein Haus und unser ganzes Dorf! Ihr also seid es, der meine Nichte gerettet hat! Wie sehr danke ich Euch! Sie ist Riacos' Tochter. Ihr wisst, dass er nicht mehr lebt?«

»Ich habe es erst vorhin zu meinem großen Schmerz erfahren«, erwiderte der Fremde, den der Onkel Camos genannt hatte.

Ein Windstoß fuhr über das Dorf, aus der Ferne grollte Donner.

»Der Sturm wird bald losbrechen«, sagte der Onkel. »Ich bitte Euch, kommt in mein Haus!« Dann wandte er sich wieder an Mara, doch nun schrie er sie nicht mehr an, ja, seine Stimme war nicht einmal mehr böse: »Und du läufst schnell in alle Häuser und lädst die Männer zu mir zum Essen! Und dann hilfst du deiner Mutter und deinen Tanten bei der Vorbereitung! Und damit eines klar ist: Bis zum Sonnenfest rührst du keinen Fuß mehr von der Insel!«

»Ja!«, atmete sie auf. Dann sah sie kurz den Fremden an. Er nickte ihr leicht zu.

Sie rannte los, die wenigen Schritte bis zum nächsten Gehöft. Wie alle Hofanlagen im Dorf hatte es drei im rechten Winkel aneinandergebaute Häuser. Sie stürmte in das Mittelhaus, rief: »Ein Gast ist da, ein ganz hoher, und Onkel Vicos lädt alle Männer zum Essen!«, war schon wieder draußen, richtete die Botschaft nicht in den beiden Seitenflügeln des Hauses aus – sie wusste, unter den Verwandten, die hier wohnten, würde sie sich von selbst herumsprechen –, war schon beim nächsten Gehöft.

Dicht lagen die neun Anwesen beieinander, die Insel war klein, nur der große Dorfplatz unbebaut. Sie lief von Gehöft zu Gehöft, antwortete auf keine der neugierigen Fragen, ließ sich durch niemanden aufhalten. Sie wollte gleich wieder zu Hause sein.

Onkel Vicos sollte sehen, dass sie seinen Auftrag so schnell erledigte, wie es nur ging. Und der Fremde auch.

Camos hieß er also. Sie konnte sich nicht erinnern, dass Onkel Vicos jemals einem Gast mit so viel Ehrerbietung begegnet war wie diesem Camos. Ihr Onkel war doch selber der reichste und wichtigste Mann im Dorf! »Herr« hatte er Camos genannt und »Ihr«!

Nie zuvor hatte sie mit jemandem gesprochen, dem die Anrede »Herr« zukam.

Und dieser Camos hatte sie aus dem See gerettet.

Er hatte ihr geholfen, als Onkel Vicos so wütend gewesen war.

Und er war ein Freund ihres Vaters gewesen.

Als sie den letzten Hof verließ, brach der Regen los. Sie rannte über den freien Dorfplatz. Der Wolkenbruch ging auf sie nieder. Ehe sie die überdachte Vorhalle am Eingang zum Gehöft ihrer Familie erreicht hatte, war sie so nass, als sei sie schon wieder in den See gefallen.

Die Tür aus der Vorhalle führte zum großen Wohnraum in der Mitte des dreiteiligen Hauses. Sie wollte die Tür aufstoßen, doch dann zögerte sie: So durchnässt wollte sie sich vor Camos nicht noch einmal sehen lassen. Rasch lief sie durch den Raum zur Eingangstür im linken Flügel des Hauses, in den Raum, den sie mit ihrer Mutter bewohnte. Sie zog sich die letzten trockenen Sachen an, die sie besaß, ihre Festkleidung; die fein gewebte, mit Holunder blasslila gefärbte Bluse und den hellen wadenlangen Rock aus schwer fallendem Wollstoff. Sehr festlich fühlte sie sich darin. Einen Augenblick überlegte sie, dann streifte sie ihren bronzenen Armreif über, legte das dreifarbig in Lilatönen gewebte Schultertuch um und steckte es mit der Bronzenadel fest, wie sie es sonst nur zu den höchsten Festen tat, und flocht ein aus den gleichen Farben gewebtes Band in ihre langen blonden Haare.

Als sie durch die innere Verbindungstür in den großen Wohnraum trat, sah sie gleich, dass sie es richtig gemacht hatte. Auch die Mutter und die Tanten hatten ihren Schmuck angelegt, die schweren goldglänzenden Bronzearmreifen, die langen Bronzenadeln mit den fein gemusterten Kugelköpfen, und Tante Eta die Bernsteinkette, die ihr ganzer Stolz war. Camos musste wirklich ein Gast von hoher Bedeutung sein. Was für ein Glück, dass sie gerade das Haus so gründlich in Ordnung gebracht hatten! Alles war sauber und aufgeräumt und selbst die Töpfe an der Feuerstelle sahen aus wie neu!

Onkel Vicos wendete den langen Bratenspieß über der Glut, legte ihn dann auf den beiden Feuerböcken zurecht. Sogar diese Feuerböcke hatte sie geputzt, sodass man die Muster wieder sehen konnte, und dabei hatte der Ruß so fest in diesen halbmondförmigen Gebilden aus Ton gesessen!

Mara rückte Tische, Bänke und Hocker zurecht, holte Tassen, Schüsseln und Schalen vom Wandbord, rieb sie noch einmal, sodass sie matt glänzten, brachte Bier, Brot, Fisch und Grütze, lief hin und her, zum Nebenraum, in dem die Frauen kochten, und wieder zurück. Heute musste ihr nicht jeder Handgriff aufgetragen werden, heute arbeitete sie freiwillig und so schnell und lautlos, wie sie konnte, und die ganze Zeit war ihr so leicht. Manchmal, wenn er es nicht merkte, beobachtete sie Camos. Jetzt unterhielt er sich leise mit Onkel Donnos, dem jüngeren Bruder ihres Vaters, der mit seiner Familie den rechten Seitenflügel des Gehöfts bewohnte. Plötzlich blickte Camos auf und sah sie an. Schnell schaute sie weg.

Als alle Männer versammelt waren, trug Mara die letzten Speisen auf und verließ den Raum. Am liebsten wäre sie geblieben, aber bei einem Festmahl der Männer gehörte sich das nicht. Die weitere Bewirtung übernahmen nun die Mutter und die Tanten. Mit geröteten Gesichtern gingen sie hin und her, boten Bier und Speisen an, stolz, Ehre für ihr Haus einlegen zu können.

Nebenan aßen inzwischen Taros, Veltos, Litos und die Kinder von Onkel Donnos – zwei kleine Jungen und ein kleines Mädchen – die Reste der Hirsegrütze.

Mara zögerte. Sie hatte keine Lust, jetzt mit Taros und Veltos zusammenzutreffen. Aber sie hatte Hunger.

Schweigend nahm sie sich eine Schale. Und schon fing Taros an zu sticheln. Sie hatte es ja geahnt.

»Na, wie ist es? Ganz leicht, einen Einbaum im Stehen zu steuern, was?«, fragte er.

Sie schwieg.

»Die ist ja so blöd«, fuhr Taros zu Veltos gewandt laut fort. »Allein auf den See!«

»Ohne auf das Wetter zu achten!«, bestätigte Veltos.

»Und natürlich fällt sie ins Wasser. Schon beim Geradeausfahren. Hab ich ja gleich gesagt!«, fügte Taros hinzu.

»Zu blöd eben«, meinte Veltos.

»Ihr seid blöd!«, schrie Litos und warf seinen Löffel in die Grützenschüssel, dass es spritzte. »Ihr seid schließlich auch schuld daran und beinahe wäre sie ertrunken, und anstatt dass es euch jetzt leidtut, seid ihr noch so gemein, und überhaupt, wenn Mara Vater von der Wette erzählt hätte, dann wäre es euch schlecht ergangen, und ihr verdient es gar nicht, dass sie euch nicht verrät, und dann redet ihr so daher! Und das sind meine großen Brüder!«

»He, mal langsam, Kleiner, spiel dich nicht so auf!«, sagte Veltos und stellte sich drohend vor Litos hin. Aber Taros murmelte: »Lass ihn!«, schob seine noch halb gefüllte Schale weg und ging rasch aus dem Raum.

Veltos folgte ihm.

Litos war ein Lichtblick.

Mara lächelte ihm zu. Dann nahm sie die Tochter von Onkel Donnos auf den Schoß und ließ sie aus dem Sauggefäß Milch trinken. Das Mädchen nahm gierig den kleinen Buckel mit der Öffnung in den Mund und sog daran. Als es ausgetrunken hatte, sank sein Kopf gegen den Arm von Mara und es schlief ein.

Die kleinen Jungen von Onkel Donnos spielten Fischfang. Der jüngere war der Wels und der ältere der Fischer. Er versuchte den »Fisch« in einen Sack zu stecken, doch dieser wand sich heftig und entkam immer wieder.

Mara saß still und hielt das kleine Mädchen an sich gedrückt. Mit der Zeit wurde es ihr schwer und der Arm begann wehzutun, aber Mara rührte sich nicht. Es war so gemütlich.

Draußen tobte noch immer der Sturm. Doch heute hatte Mara keine Angst.

Leise unterhielt sie sich mit Litos. Immer wieder wollte er in allen Einzelheiten hören, was sie erlebt hatte. Sie erzählte es ihm. Vor allem, wie Camos sie gerettet hatte.

Litos konnte so gut zuhören, dass sie ganz vergaß, dass er sechs Jahre jünger war als sie.

Tante Eta rief nach ihr. Vorsichtig stand sie auf, legte die Kleine behutsam auf ein Fell auf den Boden und ging in den Wohnraum.

An der Tür blieb sie stehen. Etwas war geschehen, sie spürte es sofort. Und es hatte nichts Gutes zu bedeuten.

Eine merkwürdige Stimmung war im Raum, manche Männer wirkten aufgebracht oder aufgeregt, andere eher besorgt oder bedrückt und wieder andere finster und entschlossen.

Die Gesprächsfetzen, die sie hörte, verstand Mara nicht: »Die Bauern verständigen – am besten vergraben – das Vieh bringen wir nicht alles unter – die werden was erleben – wer mir vor die Lanze kommt …«

»Mara«, sagte die Tante leise, »alle Frauen sollen sich hier versammeln. Und auch die großen Kinder. Lauf und hol sie!«

»Aber was ist denn?«, fragte Mara.

Tante Eta schüttelte den Kopf. »Lauf!«

Kurz danach waren alle beieinander. Der große Raum war nun dicht gedrängt mit Menschen gefüllt, die standen, saßen oder am Boden hockten. Das aufgeregte Stimmengemurmel verstummte, als Onkel Vicos aufstand und die Hand hob.

»Frauen, Kinder!«, sagte er. »Wir haben euch holen lassen, damit auch ihr aus erster Hand eine Neuigkeit erfahrt, die wir Männer soeben gehört haben, denn sie betrifft unser ganzes Dorf. Wie ihr alle wisst, haben wir einen sehr hohen Gast, einen Herrn, Camos, den viele von euch kennen. Mein Bruder Riacos hatte die Ehre, sich seinen Freund nennen zu dürfen. Camos beehrt uns nicht nur mit seiner Anwesenheit, er hat uns auch eine wichtige Nachricht gebracht, eine Warnung. Doch nun möchte ich ihn bitten, selbst zu euch zu sprechen.«

Mara drängte sich an der vor ihr stehenden dicken Nachbarin vorbei, damit sie Camos sehen konnte. Keinen Blick wandte sie von dem Gast.

Camos saß auf dem Ehrenplatz neben der Feuerstelle. Als er zu sprechen begann, war es so still, dass seine dunkle Stimme mit dem fremdartigen Tonfall mühelos in jeden Winkel des Raumes drang: »Ich bin gekommen, um meinen Freund zu sehen, mich mit ihm zu beraten und ihn zu warnen, denn ich wusste nicht von seinem Tod. Doch da ihr seine Freunde wart, seid ihr auch die meinen.«

Er ließ seinen Blick über die Anwesenden streifen, verharrte einen Augenblick länger auf Maras Gesicht, sprach schließlich weiter: »Ich komme von einer weiten und langen Reise in den Osten und Süden über das große Gebirge zurück. Ich führte viele und wertvolle Waren mit mir und zahlreiche bewaffnete Männer zu ihrem Schutz. Als ich nach der Überquerung des Gebirges in der Wegstation haltmachte, die hoch auf dem Berg über dem See den Fernweg überwacht, erlebte ich einen Raubüberfall einer großen Horde kriegerischer Reiter – einer jener Verbände wilder Fremder aus dem Osten, die auf ihren schnellen Pferden mehr und mehr das Land unsicher machen. Es waren viele Männer, gute Kämpfer, die meisten hervorragende Reiter und Bogenschützen. Wäre ich an diesem Tag mit meinen Kriegern nicht in der Wegstation gewesen, so wäre es den Angreifern wohl trotz der guten Befestigung gelungen, sie zu plündern. So aber konnten wir sie mit vereinten Kräften zurückschlagen.

Einige Tage später bin ich mit meinen Männern weitergezogen und auf meinem Weg nach Norden bin ich überall den Spuren der Verwüstungen begegnet, die sie angerichtet haben. Brennend, plündernd und mordend ziehen sie durch das Land und nehmen sich zur Beute, was am Wege liegt. Als ich bemerkte, dass sie sich nach Westen gewendet haben, trennte ich mich von meinen Männern, die nun mit Booten flussabwärts Richtung Heimat fahren. Ich überholte die Fremden auf ihrem Raubzug, als sie ein Dorf überfielen, und ritt, so schnell mein Pferd konnte, hierher. Denn wenige Menschen gibt es, die mir so wert sind, wie Riacos mir wert war. Und der Ruf eures Wohlstandes ist weit verbreitet und mag auch an die Ohren der Fremden gelangt sein und ich vermute, sie werden versuchen euch zu überfallen. Freilich, wenn ihr wachsam seid, bin ich nicht sehr in Sorge um euch. Die mächtigen Palisaden und mehr noch der See und das Ried sind ein guter Schutz. Hier nützen ihnen ihre schnellen Pferde und Reitkünste nichts. Es sollte euch wohl gelingen, euch zu verteidigen, wenn ihr auf einen Angriff gefasst seid. Und eben darum meine Warnung. Aber eines muss ich deutlich sagen: Ich sehe keine Möglichkeit, die Bauernhöfe auf dem freien Land zu schützen. Schutz kann es für die Menschen jener Gehöfte und ihre wertvollste Habe nur dann geben, wenn ihr sie hier aufnehmt. Viel Zeit bleibt nicht mehr. Macht euch auf einen Überfall in wenigen Tagen gefasst!«

Dieses furchtbare Warten.

Und diese schrecklichen Geräusche.

Nein, nicht darauf hören!

Mara rückte näher zu ihrer Mutter. Litos, der neben ihr am Boden saß und seine Hand in die ihre geschoben hatte, rutschte nach und drückte ihre Rechte. Sie erwiderte den Druck.

Litos bei sich zu haben war gut.

Aber die Mutter bei sich zu wissen war besser.

Mit der Linken tastete Mara nach dem Rock der Mutter, vergrub die Finger in dem weichen Wollstoff. Verstohlen. Es musste ja keiner merken.

Aber der Mutter war es nicht entgangen. Sie legte den Arm um Maras Schultern und zog sie an sich, ohne ihre Erzählung zu unterbrechen. Mara schloss die Augen. Mit verzweifelter Kraft richtete sie ihre Gedanken auf die Worte der Mutter, hörte der Mutter zu. So wie früher …

Als sie klein gewesen war, hatte die Mutter ihr jeden Tag erzählt. Schön hatte sie das gefunden. Nun fand sie es schon lange nicht mehr schön. Wenn jetzt die Mutter Litos oder den anderen Kindern erzählte, ging Mara immer aus dem Raum oder hörte weg. Stets die gleichen Erzählungen. In stets dem gleichen Tonfall erzählt. So kindisch irgendwie. Und alle hatten den gleichen Schluss: »... feierten sie ein großes Fest.«

Aber heute war es etwas anderes damit.

Hoffentlich hörte die Mutter nicht auf zu reden! Wenn man so fest wie möglich ihrer Stimme zuhörte und an ihre Worte dachte, musste man weniger auf das andere hören und an das andere denken: den Lärm von draußen, die wilden Rufe und schmerzerfüllten Schreie, die dumpfen Schläge, das Bersten und Brechen, das helle Klirren, all diese furchtbaren Geräusche, Geräusche, die sie so nicht kannte, die unheimlich waren, entsetzlich – einzige Botschaften des Kampfes um das Dorf, der draußen geführt wurde. Und sie wusste nicht, wie es stand.

Wenn nun die Angreifer so in der Überzahl waren, dass sie die Palisaden überwinden konnten, die Tore zerstören? Wenn sie nun – das Dorf in Brand steckten?!

Feuer: das Schlimmste, was sie sich vorstellen konnte. Die schilfgedeckten Dächer, die aus Baumstämmen zusammengefügten Blockhäuser, die aus Zweigen geflochtenen lehmverputzten Zwischenwände, das Getreide in den Speichern, Heu und Laubstreu in den Bettstellen – wenn das erst einmal brannte, war alles zu spät. Und sie mitten darin und kein Entkommen.

Einmal hatte sie einen Bauernhof am Ufer brennen sehen ... Mara drückte sich noch fester an ihre Mutter.

Die Mutter erzählte gegen das besorgte Flüstern oder laute Jammern der Frauen hier im Wohnraum an, gegen das Weinen der kleinen Kinder und das endlose Gebrüll dieses Säuglings da drüben, der einfach nicht Ruhe gab.

Viel zu viele Menschen waren es, die sich hier drängten. Onkel Vicos hatte sein Haus allen geöffnet, den Bauernfamilien aus dem weiten Umkreis, den Frauen und Kindern.

Nicht den Männern, nein. Die Männer kämpften draußen auf den Palisaden.

Wirklich nur auf den Palisaden? Oder schon auf dem Dorfplatz? Wo waren die Feinde schon eingedrungen?

So schnell war es gegangen. Vorgestern erst war Camos gekommen, um sie zu warnen. Und heute bereits der Überfall. Schneller, als selbst Camos es erwartet hatte. Er war noch nicht wieder abgereist und nun kämpfte er draußen mit den anderen Männern.

»Und als der böse Wolf tot war, feierten alle ein großes Fest«, endete die Mutter.

Litos atmete tief auf.

»Ich will raus!«, sagte Taros laut. »Ich habe es satt, hier rumzusitzen und nichts zu tun, während ich draußen gebraucht werden könnte. Ich bin groß genug!«

»Du weißt genau, dass dein Vater das verboten hat. Sei froh, dass du nicht da draußen sein musst!«, erwiderte die Mutter.

»Ich bin aber nicht froh. Ich will ...«

»Halt doch endlich den Mund!«, rief Litos. »Die Tante soll weitererzählen!«

»Ja, weitererzählen!«, stimmten viele Kinder ein.

»Nun gut. Passt auf, jetzt erzähle ich euch von dem Jungen, der …«

Die Mutter wurde von Tante Eta unterbrochen, die aus dem Nebenraum nach ihr rief. Sie hätten einen weiteren Verletzten und bräuchten ihre Hilfe.

Die Mutter nahm den Arm von Maras Schulter und erhob sich. Mara stand auch auf. »Darf ich mitkommen?«, bat sie.

Die Mutter nickte.

Litos umklammerte ihre Hand, versuchte sie wieder zum Hinsetzen zu bewegen.

Ohne die Mutter hier sitzen und warten und Angst haben, dass die Tür eingeschlagen wurde und die Feinde hereinbrachen oder das Dach in Flammen aufging – o nein.

Sie machte sich von Litos los. »Ich muss doch helfen«, sagte sie rasch.

Im Nebenraum waren die beiden Tanten und drei verwundete Männer. Zwei wurden eben verbunden. Der dritte kauerte am Boden und hielt sich mit beiden Händen sein Bein. Als Mara das viele Blut sah, wäre sie am liebsten weggelaufen. Zurück zu Litos, der wartete doch auf sie!

»Schnell!«, sagte die Mutter. »Gib mir ein Leinenband! Wir müssen das Bein abbinden. Rasch!«

Von da an kam Mara nicht mehr zum Nachdenken. Leintücher auseinanderschneiden, blutstillendes Moos zerzupfen, Wasser erwärmen, Feuer in Gang halten, zu trinken geben, all diese Handreichungen, zu denen sie angestellt wurde, erforderten ihre Aufmerksamkeit. Als sie den Verwundeten versorgt hatten – ein Bauer war es von einem Weiler im Süden –, fragte ihn die Mutter: »Und wie steht es draußen?«

»Nicht leicht. Sie sind weit in der Überzahl. Hätten sie Einbäume – ich weiß nicht. Aber mit den schwerfälligen Flößen ... Eure dicken Palisaden sind ein Segen. Sie bewähren sich nicht nur gegen die Wellen! Die Schwachstellen sind die Tore. Vicos befehligt die Verteidigung am Westtor. Damit stand es gut vorhin. Am Seetor hat Camos den Befehl. Schwer ist es dort, das Tor ist einfach zu breit, bietet zu viel Angriffsfläche! Dem Himmel sei Dank, dass Camos hier ist! Das ist ein Anführer und Kämpfer! Zehn Bauern können einen Krieger wie ihn nicht ersetzen. Wie er sein Schwert führt! Nun will ich wieder hinaus. Auch wenn ich nur noch humpeln kann – zum Bogenschießen reicht es!«

Immer wieder kamen Verletzte herein, ließen sich verbinden. Einige konnten bald zurück in den Kampf, andere mussten bleiben. Und jeder brachte neue Meldungen vom Kampf mit, der noch immer vor allem um die beiden Tore geführt wurde. Dann plötzlich war aus dem großen Wohnraum lautes Jubelgeschrei zu hören. Mara und die Frauen liefen hinüber. Onkel Vicos stand an der Eingangstür.

Litos lief zu Mara, hängte sich an sie. »Es ist vorbei! Es ist vorbei!«, rief er.

Die Mutter sah fragend zu Onkel Vicos. »Ja«, bestätigte er. »Sie haben aufgegeben und reiten wieder davon.«

Auf einmal musste Mara weinen.

»Jetzt darfst du doch nicht traurig sein! Jetzt musst du dich doch freuen!«, sagte Litos vorwurfsvoll.

»Aber ich freu mich ja«, schluchzte Mara, kniete sich hin und umarmte Litos. Ihren Kopf an seiner Schulter, weinte sie noch heftiger, sie wusste selbst nicht warum.

»Ich will sehen, wie sie fliehen! Ha, das muss ich sehen!«, rief Taros und stürmte zur Tür. Begeistert schreiend folgte ihm eine ganze Gruppe Kinder.

Beinahe hätten sie Camos umgerannt, der eben mit müden Schritten zum Haus kam.

Mara erschrak, als sie ihn sah: »Aber Ihr seid ja verwundet!«

»Nichts weiter. Nur der linke Arm«, erwiderte er ruhig.

Die Mutter und die Tanten untersuchten, wuschen und verbanden seine Verletzung. Es war eine tiefe Fleischwunde. Onkel Donnos stand dabei und schüttelte ungläubig den Kopf. »Wie Ihr damit noch habt weiterkämpfen können!« Und zu den anderen gewandt: »Ihr glaubt nicht, wie viele Männer Camos noch zurückgeschlagen oder getötet hat mit dieser Verletzung!«

Camos erwiderte knapp: »Ich führe das Schwert ja nicht mit der linken Hand!«

Mara starrte auf dieses Schwert. Wie hatte sie es bewundert! Nie zuvor hatte sie so ein kostbares Schwert ganz aus Bronze gesehen – und jetzt erst wurde ihr bewusst, dass es eine Waffe war. Eine Waffe zum Töten.

Plötzlich konnte sie den Anblick des Schwertes nicht mehr ertragen.

Onkel Vicos begann sich wortreich bei Camos für die Hilfe aus der Gefahr zu bedanken und seinen Mut zu rühmen, doch Camos winkte ab: »Wozu habe ich denn gelernt, die Waffen zu gebrauchen! Außerdem – es gibt schlimmere Gefahren als eine Horde plündernder fremder Reiter!« Sehr blass war er nun: »Gefahren, denen man nicht mit dem Schwert begegnen kann. Und auch nicht mit Palisaden. Das sind Gefahren, die ich wirklich fürchte.«

Mara starrte ihn an. Was war das? Wovon sprach er? Aber sie wagte nicht zu fragen.

Eine Weile herrschte Schweigen. Dann sagte Onkel Vicos: »Wir werden ein Opfer bringen. Sobald Vollmond ist, nachts auf dem See!« Auch er sah auf einmal sehr blass und müde aus.

Eine merkwürdige Unruhe erfasste Mara. So wie manchmal, wenn sie auf dem offenen See schwamm und von einem Augenblick auf den anderen das Gefühl sie überkam, dass da etwas in dem dunklen Wasser unter ihr lauerte, etwas Unbekanntes und Unheimliches.

Da hörte sie von draußen durchdringende Schreie: »Es brennt! Es brennt!«

Feuer! Sie zuckte zusammen. Eine heiße Welle durchfuhr sie. Sie hörte sich selber schreien, gellend und fremd. Sie sprang auf: Raus, ins Wasser, weg von hier, nichts wie weg!

Mit den anderen rannte sie hinaus. Wo war das Feuer? Sie sah es nicht. Auch keinen Rauch. Sie lief dorthin, wo alle hinliefen, über eine der Brücken zum Steg an der Palisade, folgte mit den Augen einem über den See deutenden Arm, begriff endlich: Nicht ihr Dorf brannte, sondern die Weiler am nordöstlichen Ufer.

Langsam beruhigte sie sich: Ach so, bloß dort drüben!

Ganz schwach war ihr. Sie lehnte sich an die Holzwand.

»Unser Haus! Unser Hof!«, jammerte die Frau neben ihr und das Kind auf ihren Armen begann laut zu weinen.

»Wir müssen hin! Vielleicht können wir noch etwas retten!«, rief ein Mann.

Doch Onkel Vicos erklärte bestimmt: »Nein! Seid vernünftig! Bis ihr dort seid, ist alles verbrannt. Ihr werdet zu spät kommen, um irgendetwas auszurichten. Aber früh genug, um euch selber in Gefahr zu bringen. Es sind die fremden Feinde, die das Feuer gelegt haben, und wahrscheinlich treiben sie sich noch dort herum und warten nur auf euch! Heute Nacht bleibt ihr hier in Sicherheit und morgen schicken wir Kundschafter aus!«

»Ich habe unsere Sicheln, Messer und Beile im Stall vergraben. Aber der Hausrat! Die Vorräte! Wir konnten nicht alles in Sicherheit bringen, es musste ja so schnell gehen! Und nun verbrennt alles! Die Schweine und Rinder haben wir in den Wald getrieben. Wenn sie nur die Tiere nicht fangen! Wenn sie nun auch unsere Felder verwüsten? Wie sollen wir nur über den nächsten Winter kommen! Wie soll ich die hungrigen Mäuler meiner Kinder stopfen? Und bis wir den Hof wieder aufgebaut haben! Oh, diese Unmenschen, diese …«

Nun stimmten auch andere Frauen und Männer in die Klagen ein.

Mara ging still über die Brücke zurück zum Dorf. Sie wollte allein sein. Sie hielt das alles einfach nicht mehr aus.

Sie erreichte das Gehöft ihrer Familie, trat in den großen Wohnraum, schloss die Tür hinter sich. Im Haus war es ruhig und dämmrig. Sie kauerte sich in einen Winkel, schlang die Arme um die Beine, legte den Kopf auf die Knie.

»Könntest du mir eine Tasse Wasser bringen, Mara?«, hörte sie nach einer Weile eine dunkle Stimme.

Camos. Sie hatte ja nicht geahnt, dass er hier war!

Sie sprang auf. Er saß auf der Bank an der Wand, hatte den Kopf nach hinten gelehnt, sah sehr erschöpft aus.

»Seid Ihr krank?«, rief sie besorgt.

»Nur ein wenig. Die Verwundung eben. Ich werde ein paar Tage bei euch bleiben müssen.«

Ein paar Tage!

»Ich werde Euch pflegen! Was wollt Ihr? Brot? Grütze? Braten? Suppe? Ich kann eine gute Fischsuppe machen, mit Kräutern, ich will schnell sehen ...«

»Bitte, Mara! Ganz einfach Wasser!«

Sie wurde rot. »Natürlich. Gleich.«

Er trank mit kleinen Schlucken, schloss die Augen dabei. Vielleicht war er sehr krank? Hatte zu viel Blut verloren? Bekam Wundfieber? Er durfte doch nicht sterben, Camos doch nicht!

»Wollt Ihr Euch nicht hinlegen? Soll ich Euch zu Eurem Lager führen? Soll ich meine Mutter holen?«

»Nein, Kind, lass!«

»Kann ich denn gar nichts für Euch tun?«

Er schwieg. Sie dachte schon, er habe ihre Frage nicht gehört. Oder er schliefe. Da sagte er langsam: »Doch. Du kannst mir von deinem Vater erzählen. Gibt es seine Werkstatt noch?«

Sie schluckte, schüttelte den Kopf: »Leider nicht. Onkel Vicos hat an der Stelle einen Getreidespeicher gebaut!«

»Weißt du, was er als Letztes geschmiedet hat?«

»Ja. Nägel. Ich hole sie Euch!«

Sie sprang auf, lief zur Truhe, wühlte darin und holte heraus, was die Mutter sorgsam aufgehoben hatte, weil es das letzte unvollendete Werkstück des Vaters gewesen war: die Bronzenägel, die vom Guss noch an dem Mittelstück hingen. Gerade hatte der Vater damals diese Nägel vom Mittelstück abbrechen wollen, als mit unvorstellbarer Geschwindigkeit jenes furchtbare Gewitter heraufgezogen war ...

Camos warf einen kurzen gleichgültigen Blick auf die Nagelsäule, nahm sie nicht.

»Hat dein Vater einen Gehilfen gehabt? Einen Mann oder einen Jungen, den er angelernt hat, dem er sein Wissen weitergegeben hat?«

Mara schüttelte den Kopf.

Manchmal hatte sie dem Vater etwas helfen dürfen. Die kleinen Kanäle für diese Nägel da hatte sie in die weiche Tonform gestochen, in genau die letzte Tonform, mit der der Vater vor seinem Tod gegossen hatte. Er hatte sie gelobt, wie schön und gleichmäßig sie das gemacht hatte. Und dann hatte er gesagt: »Schade, dass du ein Mädchen bist. Wenn du ein Junge wärst, mein Sohn, so könnte ich dich alles lehren ...«

Er hatte abgebrochen und nichts mehr gesagt. Mara presste die Lippen zusammen. Es tat noch immer weh, daran zu denken.

Camos beugte sich vor: »Mara, wie war das, als dein Vater gestorben ist? War er krank? Wusste er, dass er sterben würde? Hat er im Sterben mit jemandem noch ein Gespräch geführt?«

Sie wollte nicht darüber sprechen. Nie hatte sie mit Worten daran rühren wollen.

Aber Camos hatte sie gefragt.

»Er hat es nicht gewusst. Keiner hat es geahnt. Es war bei einem Gewitter. Ein ganz plötzliches Gewitter, ein furchtbarer Sturm. Niemand hatte daran gedacht, die Tore zu schließen. Und durch das Westtor, da schlugen die Wellen herein und gegen das Ufer, und Onkel Donnos schrie, die Steine würden unterspült, und da ist mein Vater auf die Palisade und wollte versuchen das Tor zu schließen und dabei ist er ... O bitte, muss ich das auch noch erzählen?«

»Nein. Lass nur, Kind. Du hast mir genug erzählt.«

Und dann sagte er kaum hörbar, nur für sich: »So hat er es mit in den Tod genommen.«

»Was denn?«, fragte sie.

Er antwortete nicht. Und er sah so blass aus und so krank, und Mara wollte etwas für ihn tun und wusste doch nicht was.

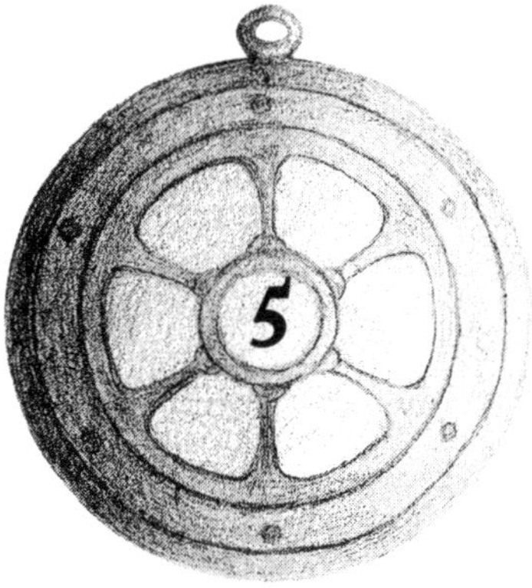

Kleine flackernde Lichter zogen langsam über den See, manchmal verschwanden sie, dann waren sie wieder da, schließlich verharrten sie weit draußen, da, wo das Wasser am tiefsten war. Wie Sterne drangen sie durch das Dunkel der Nacht. Nun wehte auch der Gesang herüber, fern und kaum hörbar, und doch so, dass man sich ihm nicht entziehen konnte. Als würde eine unwiderstehliche Macht nach dem Herzen greifen.

Nein, diesem Gesang würde sich keiner verschließen können, alle würden ihn hören, die Geister der Tiefe, die Mächte und Gewalten, die Göttinnen und Götter. Der Eine.

Früher war es der Vater gewesen, der diesen Gesang angestimmt hatte.

Die Nachtnebel, im Ried und Röhricht geboren, wallten immer näher, erreichten die Insel, fassten mit fließenden Armen nach ihr, umhüllten sie. Verlöschten die Lichter. Verschluckten den Gesang.

Fröstelnd zog Mara den Umhang enger um die Schultern, wandte sich um und ging über die Brücke zum Hof zurück. Sie sollte eigentlich gar nicht hier draußen sein, mitten in der Nacht, aber sie hatte nicht schlafen können, nicht, während auf dem See das Opfer gefeiert wurde.

Doch nun musste sie wieder nach Camos sehen. Vielleicht war er inzwischen aufgewacht!

Seit Tagen schlief er schon.

Die Mutter sagte, es sei gut, dass er schlafe.

Er hatte doch Wundfieber bekommen. Einen Tag und eine Nacht hatte die Mutter mit besorgtem Gesicht an seinem Lager gesessen, doch dann war sie aufgestanden und hatte erklärt, die Gefahr sei vorüber, von nun an könne Mara für ihn sorgen.

So gerne wollte sie das. Aber er schlief immer!

Sie trat ins Haus. Das Feuer auf der Herdstelle brannte hell. Es kämpfte mit der feuchten Kühle der Nacht, die durch die kleinen Fenster und die Öffnungen im Giebel drang. Camos hatte sich aufgerichtet, den Rücken gegen die Wand der Bettstatt gelehnt, und schaute ins Feuer.

»Herr!«, rief sie leise. »Ihr seid aufgewacht! Es tut mir leid, dass ich nicht da war! Ich soll Euch bedienen, hat die Mutter gesagt. Wie fühlt Ihr Euch? Es ist eine Suppe da für Euch, ich bringe sie Euch.«

Sie füllte die Brühe in eine große Tasse, dann stand sie vor seinem Bett, sehr verlegen plötzlich, hielt ihm wortlos die Tasse hin. Er nahm das Gefäß, trank mit vielen Pausen, gab es ihr zurück, noch immer schweigend.

Sie hatte das Gefühl, etwas tun zu müssen, sie wusste nicht was, irgendetwas. Sie legte Holzscheite auf das Feuer, kniete sich hin und blies hinein, obwohl es hoch brannte.

Endlich hielt sie das lange Schweigen nicht mehr aus. »Die anderen sind auf dem See, die Erwachsenen, meine ich«, sagte sie. »Sie feiern das Opfer. Onkel Vicos wird seinen schönsten Armring versenken und Tante Eta ihre Bernsteinkette und Mutter …« Sie verstummte. Jetzt erst wurde ihr klar, welch großen Wert die Opfergaben hatten.

Hörte er überhaupt zu?

»Das ist gut!«, sagte er. »Sehr gut.«

Sie atmete tief aus. »Braucht Ihr noch etwas?«, fragte sie.

»Nein«, erwiderte er. »Setz dich doch ein wenig her zu mir, Mara!«

Sie tat es und wartete. Wieder schwieg er, doch jetzt war es etwas anderes.

»Hat dir dein Vater manchmal Geschichten erzählt?«, fragte er nach langer Zeit.

Sie zögerte, nickte schließlich.

Die Geschichten.

Hatte er sie ihr erzählt, wirklich ihr? Oder hatte er sie dem Feuer erzählt, das er entfachte, mit dem Blasebalg immer heller und höher auflodern ließ, oder dem wunderbaren Metall, der Bronze, die er im Tiegel über die Glut hielt, bis sie ein flüssiger goldener Strom wurde, herrlich, glänzend und gefährlich?

Wieder und wieder hatte sie in einem Winkel gekauert und beides beobachtet, den Vater und das Feuer, den Vater und sein Werk, hatte versucht sich unsichtbar zu machen, den Vater ihre Anwesenheit vergessen zu lassen. Denn ein Geheimnis war um das, was er tat, an das man nicht mit törichten Fragen rühren durfte, bei dem er keine Störung duldete. Sehnsüchtig und scheu zugleich hatte sie darauf gewartet, dass er sprach. Und seiner leisen Stimme gelauscht.

Die Geschichten. Was wusste sie noch von ihnen? Hatte sie sie je verstanden? Immer hatte sie gespürt, dass sie etwas anderes waren als die Erzählungen der Mutter, dass sie einen Sinn hatten, den sie nicht begreifen konnte, nur dunkel fühlen. Und gerade darum hatte sie sie immer und immer wieder hören wollen.

Was war geblieben nach all den Jahren, was hob sich noch ab im Nebel der Erinnerung?

Bilder vor allem, die das innere Auge entstehen ließ: der strahlende junge Gott auf dem goldenen Wagen, durch die Lüfte gezogen von weißen Schwänen, ein Leuchten ging von dem Wagen aus und die Räder, die Räder, sie blendeten so, doch heller noch war dieses Gesicht, so hell, dass man es nicht wirklich sehen konnte, nur ahnen, wie schön es war, das Gesicht unter der Strahlenkrone und den blonden Locken, geschmückt mit dreifachen Ohrgehängen, das Gesicht des Gottes im blauen Mantel und glänzenden Schmuck, des Gottes, umgeben von weiß gekleideten Frauen …

Und noch ein Bild, anders und doch verwandt: das von den Schwänen gezogene Boot, lautlos über das Wasser gleitend, in seiner Mitte die goldene Scheibe, umstrahlt von gleißendem Glanz …

Und dann die eine Geschichte, bei der sie immer geweint hatte. Die Geschichte von dem schönen Jüngling, der getötet wurde von seinem bösen Bruder, in Stücke zerteilt und gekocht, dem eigenen Vater zur Speise gegeben, der ihn aß und nicht wusste, was er tat und wie ihm ward, und seine Schwester sammelte seine Knochen und begrub sie unter einem Baum und klagte um ihn. Und wie die Tränen der Schwester den Boden tränkten, erhob sich aus ihm der herrliche weiße Vogel und setzte sich in die Zweige des Baumes und sang so überirdisch schön.

Obwohl sie, Mara, immer gewusst hatte, wie die Geschichte enden würde, wie der Baum in Flammen aufgehen und aus dem Feuer der Jüngling hervortreten würde, schöner und strahlender denn je, und in welch heiligem Freudenfest sich der Wiedergeborene mit der Schwester vereinen würde, hatte sie bei der Klage der Schwester geweint, als sei sie diese selbst: Getötet hat ihn der Dunkle, zerfetzt der Böse, verschlungen der Finstre, meinen Bruder, den hellen, den lichten, den geliebten …

»Hat er dir einmal die Geschichte von der Königlichen Insel erzählt?«, fragte Camos.

Verwirrt blickte sie auf, brauchte lange, um in die Gegenwart zurückzufinden, verstand die Frage erst, als die Worte längst verklungen waren. »Ich weiß nicht«, sagte sie unsicher. Warum vergaß man so vieles, auch das, was wichtig war, was wichtiger war als alles?

»Er hat sie bestimmt gekannt«, meinte Camos nachdenklich. »Wo ich hinkam auf meinen Reisen, gab es Menschen, die um sie wussten. Unauslöschlich ist das Gedenken an diese Geschichte. Doch nicht immer ist sie gleich. In immer anderen Gewändern tritt sie auf, verkleidet sich manchmal fast bis zur Unkenntlichkeit.«

Maras Herz klopfte. Eine Geschichte! So lange hatte sie keine Geschichte gehört! Und diese, von der Camos sprach, schien eine ganz besondere zu sein. Wenn sie sie nur hören dürfte! Sie musste sie einfach erfahren! Doch wie? Ob sie …?

Camos machte eine Pause und sprach dann nur für sich: »Wenn ich wüsste, wie Riacos sie erzählt hätte …«

Jetzt spürte Mara ihr Herz im Hals. Das war er, der Augenblick. Gleich würde etwas ganz Wichtiges geschehen. Doch wie sollte sie Camos bitten, wie ihn überzeugen, dass er ihr die Geschichte erzählen musste? »Vielleicht«, sagte sie und stockte, »vielleicht würde ich sie ja wiedererkennen, ich meine, wenn Ihr sie mir erzählen würdet, dann könnte ich Euch sagen …«

Camos sah sie an. »Du möchtest sie hören, nicht wahr?«

Sie blickte zu Boden und nickte.

»So höre!«

Plötzlich war es wieder wie früher. Die Ruhe.

Das Feuer. Die Stimme. Eine ganz andere Stimme als die des Vaters, und doch irgendwie verwandt.

Mara vergaß alles um sich herum, achtete auf nichts mehr als auf Camos' Worte:

»Vorzeiten war diese Erde gesegnet mit den Gaben der Höhe und der Tiefe in unermesslichem Reichtum. Stetig und

warm schien die Sonne vom Himmel und ließ die Ähren der Felder und die Früchte der Gärten reifen ohne Unterlass, und Quellen, Flüsse und Seen, gespeist vom Regen, bewässerten das Land. Fische ohne Zahl tummelten sich in den Fluten, Vögel erfüllten mit ihrem Flügelschlagen und Singen die Luft und die Wälder, prangend im Grün der mächtigen Eichen, beherbergten das herrlichste Wild. Voller Dankbarkeit aber für die unerschöpfliche Güte der Höchsten nahmen die Menschen diese Gaben entgegen und wussten, dass es Geschenke waren. Und sie dienten den Göttern in Ehrfurcht und ließen nicht ab in Dankopfern und Lobpreisungen und in ihrem Bestreben, den Willen der Höchsten zu erfahren und zu dienen. In Demut wandelten sie vor den Göttern und vergaßen nie, dass Ehrfurcht, Güte und Tugend wichtiger sind als aller Reichtum. Und die Götter sahen mit Wohlgefallen auf sie und der Segen war mit ihnen.

Unendlich schienen die Schätze der Erde und die Menschen ergriffen sie und formten sie zu Ehren der Götter. Sie veredelten das Kupfer mit Zinn und gossen daraus Hörner, länger, dünner und kunstvoller, als menschenmöglich erschien, und bliesen darauf Musik voll nie gekannter Schönheit, um die Götter zu erfreuen. Das edelste der Metalle aber, das glänzende Gold, schenkte ihnen die Erde im Überfluss und mit ihm ehrten sie vor allem den Gott, den sie am innigsten verehrten, denn er selbst war ihr Ahnherr: den strahlenden Sohn des Himmelsgottes. Aus Ergebenheit zu ihm bauten sie einen herrlichen Tempel und schmückten ihn mit Gold und Bernstein. In der Mitte ihres Heiligtums aber errichteten sie wie einen mächtigen Baum eine leuchtende Säule und auf ihr opferten sie in frommem Sinn den Stier. Der Gott aber hielt seine Hand schützend über sie und Jahr für Jahr kam er zu ihnen herab und feierte die heilige Hochzeit und aus seiner Umarmung mit der Geliebten quoll neue Fruchtbarkeit.

Da sprachen die Menschen: ›Seht, wie reich wir sind und was uns alles zu Gebote steht! Lasset uns unsere eigenen Häuser schmücken und Mauern bauen sie zu schützen. Warum sollen wir den Göttern opfern in goldenen Schalen? Lasset uns selbst aus ihnen trinken, unseren Durst zu stillen!‹ Und größer und größer wurde ihr Hunger nach Gold und sie zerwühlten die Erde, um es hervorzuholen. Doch je mehr sie ihren Hunger stillten, desto größer wurde er. Immer mächtiger und herrlicher wurden die Siedlungen, die sie bauten, und immer tiefer sanken die Menschen hinab. Streit und Missgunst herrschten unter ihnen, denn jeder neidete dem Nachbarn, was er hatte, und der Bruder erhob sich gegen den Bruder, um sich seines Besitzes zu bemächtigen.

Der Mittelpunkt ihres Reiches und ihres Reichtums aber war eine Insel im Meer, genannt die Königliche, herrlicher als alles Land. Einstens war diese Insel der Mittelpunkt ihrer Frömmigkeit und Götterverehrung. Doch nun fühlten sie sich als Herren der Insel und als Herren der Welt. Sie baten die Götter nicht mehr und sie vergaßen ihnen zu danken, denn sie hatten mit eigenen Händen erschaffen, was sie mit Stolz erfüllte, und planten, was sie noch alles schaffen würden, sie selbst, sie allein.

Die Götter aber warteten vergebens auf den Rauch der

Opferfeuer, auf das Blut des Stieres, den Klang der Hörner und den Glanz des Goldes.

Mehr noch aber warteten sie vergebens auf die Ehrfurcht der Herzen. Darum kehrte der junge Gott nicht mehr ein bei ihnen und zog seinen Schutz und Segen ab von ihnen. Und der Himmelsvater, der Gott der Götter, erzürnte über sie und schwor sie zu strafen.

Da öffnete der Himmel seine Schleusen und Wasser in verheerenden Strömen goss auf die Erde herab. In braunen Fluten wurden die Früchte der Felder und Gärten hinweggerissen, Vieh und Häuser. Und die Erde bebte und spie Feuer und Feuer fiel vom Himmel. Der Gott der Götter aber nahm den Schlaf des Vergessens von den Augen des gefesselten Riesen und er erwachte. Da sprengte der Riese die Ketten und kein Gott gebot ihm Einhalt. Und der Riese verschlang die Königliche Insel in einer einzigen Nacht und nichts als schlammige Untiefe blieb an der Stelle ihrer einstigen Pracht. Die Menschen, die auf der Insel lebten oder sich auf Schiffe geflüchtet hatten, ertranken. Und überall, landauf und landab, starben die Menschen in den Fluten. All jene Menschen aber, die dies von ferne erlebten oder davon hörten, erschraken im tiefsten Innern.

Da legten sie die Taubheit ihrer Herzen ab und hörten auf die Worte derer, die sie an die Götter erinnerten, und eine neue Frömmigkeit erfasste die Menschen. Sie opferten, was ihnen geblieben war, und flehten die Götter um Erbarmen an. Nun verschonten die Götter sie mit ihrem Zorn und fesselten noch einmal den Riesen, senkten den Schlaf auf seine Lider, ein letztes Mal. Neuer Segen entstand, ein kümmerlicher Abglanz nur noch des alten, denn unwiederbringlich war dahin, was die Menschen verspielt hatten. Aber gestärkt im neuen Glauben dienten die Menschen den Göttern. Und um ihnen nahe zu kommen und in verwandelter Gestalt in ihre Nähe eingehen zu dürfen, übergaben sie ihre Toten fortan nicht mehr der Erde, sondern dem Feuer. Und die Flamme des Totenfeuers wurde zur Flamme des Opferfeuers und die Götter sahen sie gnädig an. Der junge Gott schenkte ihnen erneut seine Gunst und die Sonne schien wieder warm vom Himmel.«

Camos schwieg.

Mara wartete und lauschte der Geschichte nach, versuchte sich jedes Wort ins Gedächtnis zu rufen, um sie nie wieder zu vergessen.

Da hörte sie sehr leise noch einmal die Stimme von Camos: »Der Riese aber ist bloß gefesselt. Er schläft nur, er ist nicht tot.« Und dann, kaum hörbar: »Oder ist er schon erwacht?«

Jetzt klopfte Maras Herz, als wolle es zerspringen. Gespannt sah sie Camos an, hoffte, dass er weitersprechen würde.

Camos schien sie vergessen zu haben. Doch dann straffte er sich und sagte mit veränderter Stimme: »Geh schlafen, Kind, du gehörst ins Bett! Und vergiss nicht, Ehrfurcht ist es, was nottut! Genau das würde dein Vater dich lehren, wäre er noch am Leben.«

Mara nickte und stand auf, ging in den hintersten Winkel des Raumes zu ihrem Lager.

Lautlos flüsternd bewegte sie die Lippen und sprach sich selbst die Geschichte vor.

Sie wusste, dass sie nicht alles verstanden hatte. Ihr Vater hatte einmal gesagt, mit den Geschichten müsse man leben. Jeden Tag müsse man an sie denken, um sie mehr und mehr zu ergründen ...

Schließlich fiel sie erschöpft in einen unruhigen Schlaf.

Der Riese, er lag in einer tiefen Höhle und schlief. Doch nun ging sein Atem heftiger, er regte sich, dehnte seine ungeheuren Muskeln, bewegte den Arm. Einen Arm, der Berge zum Wanken bringen konnte und Eichen ausreißen wie Blumen. Die Fesseln, dachte sie, wo sind die Fesseln? Sie wollte schreien, sie öffnete den Mund, doch der Laut erstarb auf ihren Lippen. Die Männer dort drüben, sie tranken aus goldenen Schalen und lachten. Sie winkte, wild warf sie die Arme in die Luft. Die Männer sahen sie nicht. Sie wollte zu ihnen rennen, die Beine versagten den Dienst. Da öffnete der Riese den Mund. Wasser quoll daraus hervor, eine braune Flut schlammigen Wassers stürzte auf sie zu.

Entsetzt fuhr sie hoch, starrte mit weit aufgerissenen Augen um sich.

Das Feuer war heruntergebrannt, dunkel war es im Raum. Sie tastete neben sich, hoffte die Mutter zu spüren, merkte, dass sie alleine im Bett lag.

»Camos?«, flüsterte sie. »Herr?«

Sofort hörte sie seine Stimme, ruhig und mit jenem Tonfall, der schon nicht mehr fremd war: »Ja, Mara, was ist?«

»Ach – nichts. Ich wollte nur wissen«, verlegen machte sie eine Pause, fuhr dann rasch fort, »ob Ihr da seid.«

Er lachte ein wenig. »Ja, ich bin da. Schlaf, Mara!«

Er war da. Dann war es gut. Dann konnte sie beruhigt schlafen. Ohne Angst vor dem Riesen.

Sie drehte sich zur Seite und schlief bis weit in den Morgen.

Am nächsten Tag stand Camos wieder auf. Blass war er noch und er trug den verbundenen Arm im Schultergurt seines Schwertgehänges, doch sonst merkte man ihm nichts mehr an.

Er ging umher, sah nach seinem Pferd, unterhielt sich mit Onkel Vicos und Onkel Donnos, mit anderen Männern aus dem Dorf, bald sah man ihn auf dem Steg an der Palisade, bald im Haus.

Mara arbeitete. Getreide mahlen: im Knien den kleinen Läuferstein über den Mahlstein führen und die Körner zerreiben, bis Knie und Schultern schmerzten. Brot backen: den schweren Teig im Holztrog immer wieder kneten und schlagen. Grütze kochen: mit dem langen Holzlöffel die zähe Masse aus Saubohnen, Hirse, Erbsen und Weizen im großen Topf rühren und rühren und rühren.

Schwere Arbeit. Und keine schöne Arbeit. Vor wenigen Tagen noch hätte sie keine Gelegenheit versäumt, um ihr zu entgehen.

Heute arbeitete sie klaglos. Verstohlen schaute sie ab und zu zur Tür. Vielleicht würde Camos hereinkommen?

Ob er ihr noch einmal eine Geschichte erzählen würde?

Endlich trat er ein. Angestrengt sah sie in den Topf, rührte noch rascher.

Er blieb neben ihr stehen. »Du bist sehr fleißig«, lobte er.

Sie errötete. »In drei Tagen muss alles fertig sein«, sagte sie schnell. »Zum Sonnenfest.«

Das Sonnenfest. Am Tag der Sonnenwende. Das größte Fest im Jahr. Und danach dürfte sie wieder gehen, wohin sie wollte. Aber vielleicht würde Camos nach dem Sonnenfest weiterreiten?

Sie schluckte.

Nein, er war bestimmt noch viel zu schwach. Sein Arm musste doch zuerst ganz verheilen und das konnte lange dauern, bei einer solchen Wunde!

Sie nahm den Topf von der Feuerstelle, wuchtete ihn auf den Tisch, deckte ihn mit einem Tuch zu.

»Hättest du jetzt Zeit, mir etwas zu helfen?«, fragte Camos.

»Natürlich!« Ihm helfen! Wenn er wüsste, wie sehr sie sich über diese Frage freute!

»Ein Riemen von meiner Sandale ist abgerissen. Mit einer Hand kann ich das nicht nähen.«

Sie fädelte den Faden in die Nadel, griff nach dem Schuh.

Mit leichtem Spott fuhr er fort: »Sehr gut kann ich sowieso nicht nähen. Wenn mir auf Reisen etwas zerrissen ist, hat es mein Knappe geflickt.«

Die Nadel in ihrer Hand stockte. Knappe – ja, doch, sie wusste, dass hohe Herren oft einen Jungen als persönlichen Diener hatten, einen Jungen, der sie beim Essen bediente, der ihren Schmuck und ihre Waffen putzte, auf Reisen ihr Pferd versorgte, Aufträge für sie erledigte, sie begleitete, immer in ihrer Nähe war. Und der von ihnen unterwiesen und erzogen wurde. Aber dass Camos einen Knappen hatte …

An der Seite von Camos durch die Länder ziehen, die Fremde kennenlernen, das Leben, in Dörfern und Burgen einkehren, Burgen, die sie sich gar nicht vorstellen konnte, Heiligtümer besuchen, Neuigkeiten erfahren, Gesprächen zuhören, lernen, vor allem eines: die Geschichten …

Sie nähte schnell weiter. »Euer Knappe?«, fragte sie.

»Ja. Er war ein junger Bursche. Nicht viel älter als du, aber sehr geschickt. Und nicht nur das, ein guter Junge war er, und begierig zu lernen …«

Er verstummte.

»War?«, fragte sie.

Nun sprach er fast heftig. »Ja. War! Er ist gestorben. An einem eiternden Zahn! Kannst du dir vorstellen, dass er nichts gesagt hat von seinen Zahnschmerzen, aus Angst davor, dass ich ihm den Zahn reißen lassen würde? Und als er es endlich sagte, weil die Schmerzen größer waren als die Angst, da war es zu spät. Der Eiter hatte schon sein Blut vergiftet.«

Sie schwiegen, bis Mara den Riemen angenäht hatte.

»Danke!«, sagte er, als sie ihm die Sandale reichte. »So bin ich gerüstet, um weiterzuziehen.«

»Wann reitet Ihr?« Ein Zittern war in ihrer Stimme.

»Morgen. Mein Vetter erwartet mich. Und ich habe auf dem Weg noch einige Freunde aufzusuchen, in der Herbrosburg einen Besuch zu machen.«

Morgen schon! O nein.

Es würde so leer sein im Dorf ohne ihn.

Niemand mehr, der erzählen konnte, was wichtig war. Niemand, der wusste, worauf es ankam. Niemand, der die Geschichten kannte. Niemand, dem sie zuhören konnte, wirklich zuhören.

Er sollte bleiben. Wenigstens bis zum Sonnenfest. Oder besser bis zum Tag der Tagundnachtgleiche. Am besten für immer.

Aber er würde reiten. Morgen.

Und sie?

Sie wollte, dass er da war.

Oder besser noch: dass sie ihn begleiten durfte.

Plötzlich kam ihr ein Einfall.

Rasch sprach sie ihn aus – nur nicht darüber nachdenken, damit sie nicht der Mut verließ! »Könnt Ihr mich nicht mitnehmen? Ich kann Eure Sachen flicken und Euer Pferd versorgen und Euren Verband wechseln und alles tun als Euer …«

Sie konnte nicht weitersprechen. Er sah sie so an, dieses Lächeln um seinen Mund, warum musste es so spöttisch sein, sie wollte nicht, dass er sie verspottete, ihr war es doch ernst, und jetzt tanzte der Spott auch in seinen Augen.

»Knappe!«, vollendete er ihren Satz. Unterdrücktes Lachen ließ seine Stimme beben. Er schüttelte den Kopf: »Mara, wo denkst du hin! Das kommt nicht infrage!«

»Bitte!«, beharrte sie.

Da wurde er abweisend und streng: »Mara! Deine Bitte ist ganz und gar ungehörig!«

»Warum?«, begehrte sie auf.

Deutlicher Unwillen zeigte sich auf seinem Gesicht. Schroff erwiderte er: »Wie kannst du das noch fragen? Wenn du Riacos' Sohn wärst! Aber so! Es ist vollkommen unmöglich, dass ich mit einem Mädchen durch das Land ziehe!«

Sie wusste es. Doch sie wollte es nicht begreifen. »Aber ich will!«, sagte sie mit verzweifeltem Trotz.

Sie hatte nicht geahnt, dass er so herrisch sein konnte und so schneidend scharf: »Kein Wort mehr! Kein einziges! Du bleibst hier!«

Er drehte sich um und ging hinaus.

Sie hasste ihn. O ja, sie hasste ihn.

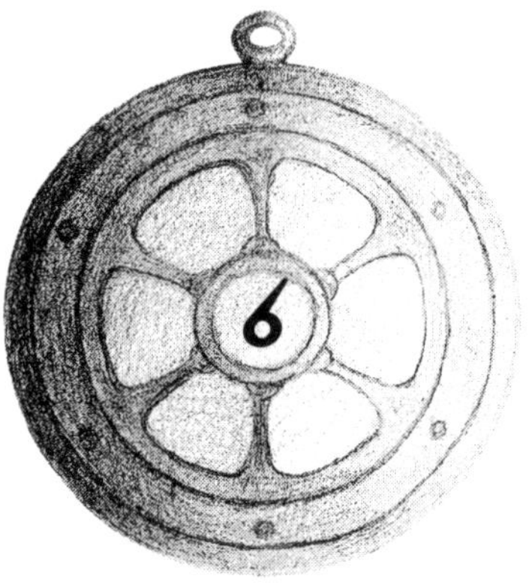

Mara sah sich im Raum um. Die Mutter hatte ihr aufgetragen noch einmal zu prüfen, ob alles sauber und ordentlich sei, wie es sein musste, wenn man nach dem Opferfeuer nach Hause zurückkehrte, um das dreitägige Fest zu feiern.

Dort, der Ehrenplatz, da hatte Camos gesessen …

»Mara, wo bleibst du denn?«, hörte sie Litos rufen.

Sie fuhr sich mit dem Handrücken über das Gesicht: »Ich komme schon!«

Litos streckte ihr die Arme entgegen. Fester als gewöhnlich drückte Mara seine Hand, als er neben ihr ging, in der langen Reihe der Feiernden, in dem Zug, der angeführt wurde von Onkel Vicos und Onkel Donnos, die gemeinsam mit den anderen Männern den Stier trieben.

Camos war weg. Und sie brauchte ihn doch!

Nein! Sie brauchte ihn nicht. Wozu auch? Er hatte gelacht, als er niemals hätte lachen dürfen. Und wie er sie zurechtgewiesen hatte, so scharf und als sei sie ein kleines Kind!

Er hatte sie nicht verstanden. Nichts hatte er verstanden.

Warum fehlte er ihr trotzdem, so, dass es wehtat?

Seine letzten Worte zum Abschied, nur zu ihr: »Vergiss nicht, Mara, dass in deinem Herzen die Ehrfurcht vor den Göttern wachsen muss. Dann wird der Geist deines Vaters immer bei dir sein.« Und seine Stimme dabei – das wollte sie nie vergessen.

Wäre er doch da!

So eng war es plötzlich wieder, seit Camos weg war. Keine Beschreibungen mehr von anderen Ländern, Menschen und Sitten, Beschreibungen, denen sie zuhören konnte, auch wenn sie den Erwachsenen galten und nicht ihr. Keine Berichte mehr von jenem Heiligtum in dem fernen, fernen Land, zu dem Camos eine Wallfahrt unternommen hatte. Und keine Geschichten.

Wer sollte ihr denn jetzt von ihrem Vater erzählen? Nicht von dem, was der Vater getan hatte, sondern von dem, was er gewusst hatte!

Von all den Dingen, über die keiner hier zu reden verstand und die sie einfach erfahren musste: der schlafende Riese, die versunkene Insel, die große Flut, die Erschaffung der Erde, die ewigen Geheimnisse? Das war doch wichtiger als alles!

Woher hatte der Vater sein Wissen gehabt? Woher hatte er die Geschichten gekannt?

Er sei weit in der Fremde bei einem Meister gewesen, hatte die Mutter einmal gesagt, gemeinsam mit anderen Schülern.

»Die Weihen hat er erhalten«, hatte die Mutter geflüstert

und ganz große Augen dabei gehabt, doch als sie, Mara, gefragt hatte, was das denn sei, hatte die Mutter den Finger auf die Lippen gelegt und den Kopf geschüttelt.

Ob auch Camos »die Weihen« erhalten hatte?

»Mara, heute regnet es doch nicht, oder?«, fragte Litos.

Mara sah zum Himmel empor. Diesig war es und wolkenlos, schon sehr warm für den Morgen. Die Sonne brannte durch den Dunst auf den See und die flachen Uferhöhen. Ein gutes Vorzeichen.

»Nein, Litos, es regnet bestimmt nicht. Onkel Donnos hat gesagt, dass heute ein schöner heißer Tag wird. Dass heute das Opfer gelingt.«

Im letzten Jahr hatte es zum Sonnenfest, am längsten Tag des Jahres, geregnet. Als sie das Feuer entzündet hatten, war die Flamme kümmerlich gewesen und der Rauch beißend. Der heilige Gott hatte das Opfer nicht mit Gnaden angenommen. Und das Getreide war an den Ähren verfault.

Doch dieses Jahr würde eine steile Flamme in den Himmel emporsteigen, sobald die Sonne das Firmament verlassen hatte, eine Flamme wie eine leuchtende Säule, so wie es sein musste. Und der Rauch würde geradewegs zur Höhe ziehen. Er, der Gott, würde Wohlgefallen daran haben. Dieses Jahr würde das Opfer gelingen!

Es musste.

Die besorgten Mienen der Erwachsenen sagten deutlich genug, was davon abhing.

Die Ernte.

Und dunkel fühlte sie: mehr noch als das.

»Hab keine Angst, Litos, heute, an diesem Sonnenfest, wird alles gut!«

Hab keine Angst – sie sagte dies nicht nur für Litos; mehr noch sagte sie es für sich.

Immer wieder gingen die gleichen Gedanken durch ihren Kopf: Onkel Vicos und Onkel Donnos, sie bringen das Opfer. Sie halten sich an die Regeln. Aber sie wissen nicht, was sie tun. Früher war das anders, früher, als mein Vater noch lebte. Warum ist keiner hier, keiner, der es weiß?! O Camos, würdet Ihr das Opfer leiten! Wie einst mein Vater.

Weit mussten sie ziehen, im Süden des Sees über den Bohlen- und den Dammweg nach Osten auf die große Wiese über dem Steilufer. Die Luft staute sich im Ried, kein Hauch brachte Kühlung. Die Hitze wurde quälend. Scharen von Mücken stürzten sich auf sie.

»Ich habe Durst«, jammerte Litos.

Mara schüttelte den Kopf. »Du darfst nichts trinken, nicht jetzt. Du weißt doch, am Sonnenfest dürfen wir vor dem Opfer nichts zu uns nehmen!«

»Das halte ich nicht aus!«, klagte er.

»Du musst!« Sie zog ihn hinter sich her.

Mara schaute in die gleißende Helle am Himmel, dort wo die Sonne durch den Hitzedunst flimmerte. Erst als die Augen schmerzten, blickte sie wieder weg.

»Sei froh über die Sonne«, belehrte sie den kleinen Vetter. »Viel zu selten hat sie dieses Jahr geschienen. Aber dass sie es heute tut, das ist ein Segen und ein gutes Vorzeichen.«

Gegen Mittag erreichten sie die Opferwiese an der Klippe

über dem See. Glänzend und träge lag er im Licht. Als hätten seine Wellen nicht diese Steilküste am Ufer geschaffen, als könnten sie nicht mit verheerender Macht heranrollen.

Mara schaute auf den See: Irgendwo da unten – die Geister der Tiefe – der gefesselte Riese – das Seeungeheuer … Nein! Sie wandte sich ab.

Plötzlich fröstelte sie trotz der Hitze.

Als die Sonne am höchsten stand, begann die Feier.

Mit erhobenen Händen umschritten sie die Wiese, sangen dabei die Lieder, die nur an diesem Tag gesungen wurden. Doch klangen sie heute nicht flehender als in den vergangenen Jahren?

Die jungen Männer stellten sich in einer Reihe zum Wettlauf zu Ehren des heiligen Gottes auf.

Onkel Vicos gab das Zeichen zum Start. Die jungen Männer rannten über die Wiese auf die Schnur zu, die an ihrem Ende gespannt war.

So schnell wie heute waren sie noch nie gelaufen. Ihre braun gebrannten Beine flogen, schienen kaum den Boden zu berühren. Der Glückliche, dem der Gott den Sieg schenkte, erhielt einen Kranz aus Eichenlaub.

Und dann fand das Opfer statt, die feierliche Tötung des Stieres mit dem geweihten Bronzebeil.

Plötzlich hörte Mara aus ihrem Innern die Stimme ihres Vaters, hörte fast vergessene und nie verstandene Worte: *»Der Stier ist Sein Tier und Er ist der Stier … Wir töten den Stier Ihm zum Opfer und Er opfert sich für uns … Denn aus Leben wird Tod und aus Tod wird Leben …«*

Warum war keiner da, den sie nach diesen Worten fragen konnte!

Camos hätte sie ihr erklären können, er hätte es gewusst.

Sorgsam bewahrte Onkel Vicos Kopf und Beine des Stieres für das Opferfeuer auf. Dann wurden die besten Fleischstücke in einem großen Bronzekessel gekocht, dem Kessel, den der Vater einst nur zu diesem Zweck geschmiedet hatte. Mit der bronzenen Schöpftasse brachte Onkel Vicos von der Brühe das Trankopfer.

Endlich aßen sie alle das Fleisch und tranken sie die Brühe, sodass kein Tropfen übrig blieb, zerschlugen danach die Tonschalen, aus denen sie getrunken hatten.

Alles war wie in jedem Jahr. Und doch war alles in diesem Jahr etwas anderes.

Früher war es ein Fest gewesen. Heute war es ein verzweifeltes Gebet.

Unzählige Male blickte Mara zum Himmel. Die Sonne schien, verbarg sich aber hinter einem Schleier. Die Hitze wurde immer unerträglicher.

Der Abend brachte nicht Kühlung, sondern drückende, bleierne Schwüle.

Gewitterschwüle.

Langsam, unmerklich anfangs, veränderte sich etwas. Alles Lachen verstummte. Die Stimmen der Feiernden wurden leiser. Gespräche versiegten wie Wasser im Sand. Selbst die müden, von der Hitze erschöpften Kleinkinder weinten nur noch lautlos.

Stille legte sich über die Wiesen, beklemmende Stille.

Schweigend blickten sie alle nach Nordwesten zum Horizont. Bald würde dort die Sonne untergehen. Das war der Augenblick, in dem das Opferfeuer entzündet werden musste.

Aber die Sonne war nicht mehr zu sehen. Denn unaufhaltsam, mit unglaublicher Geschwindigkeit, schob sich von Westen her eine gewaltige tief blauschwarze Wolkenfront über den Himmel.

Mara betete stumm. Es gab keine Worte für ihre Angst und ihr flehendes Hoffen.

Wenn ein Gewitter losbrach ... Wenn das Opferfeuer erlosch ... Wenn Er das Opfer verschmähte ...

Camos, dachte sie. Könntet Ihr uns sagen, was wir tun sollen? Warum seid Ihr nicht da und helft uns! Es darf nicht regnen. Nicht so regnen, dass das Feuer nicht brennt!

Sie blickte nach oben. Die schweren Wolken rückten immer näher.

Sie presste die Zähne zusammen: Das Gewitter muss vorbeiziehen, es muss! – Und wenn nicht? Sind wir dann für ein ganzes Jahr ohne den Segen des Himmels? Verfaulen dann die Früchte und das Vieh versinkt im Moor? Und der See ...

Sie brach ab. Diesen Gedanken konnte sie nicht einmal denken. Das Opfer musste gnädig angenommen werden!

Endlich war die Zeit gekommen. Onkel Vicos trat vor, die Fackel in der Hand, sprach die feierlichen Worte. Doch seine Stimme zitterte dabei.

Die schwarzen Wolken waren über ihnen.

Der Onkel hielt die Fackel in den Holzstoß, der vorbereitet war nach uralter Kunst.

Trockenes Schilf und trockenes Moos, Reisig und harzige Kienspäne, gespaltene Scheite, armdicke Knüppel und jahrelang abgelagerte Kiefern- und Buchenstämme erbaut zu einem gewaltigen haushohen Zelt. Und oben auf seiner Spitze das Haupt und die Gliedmaßen des Stieres.

In diesem Augenblick ging ein Beben durch den angehaltenen Atem der Natur. Ein plötzlicher starker Windstoß ließ das Schilf aufrauschen und die Bäume sich biegen, fuhr in den eben entzündeten Stapel.

Das Feuer breitete sich im Zunder mit rasender Geschwindigkeit aus, leckte empor, fasste das Holz. Schon brannte es lichterloh, doch nicht senkrecht zum Himmel, sondern beinahe waagrecht, vom See weg, vor dem Wind her.

Funken stoben und flogen. Die Menschen, die hinter dem Holzstoß gestanden hatten, sprangen hastig zur Seite. Es brannte. Noch nie hatte Mara ein Opferfeuer so brennen sehen.

»Das ist doch gut, oder?«, fragte sie ihre Mutter.

Die Mutter gab keine Antwort, Onkel Donnos aber, der neben ihr stand, fuhr Mara an: »So halte doch deinen Mund!« Fast schrie er.

Warum erklärte es ihr niemand!

Wenn jetzt der Wind nachlässt, das Gewitter vorbeizieht, der Rauch zum Himmel steigt, dann wird alles gut! Immer wieder sagte sie diese Worte in Gedanken vor sich hin.

Sie sah sich um, entdeckte Litos, nahm ihn bei der Hand. Sie hielt sich fest an dieser kleinen Kinderhand.

Dann legte sich der Wind so schlagartig, wie er losgebrochen war. Eine riesige Flamme stieg wie eine leuchtende Säule zum dunklen Himmel, gekrönt von einem Strahlenglanz rot glühender abgerissener Flammenfetzen. Und mittendrin das Opfer. Bald wäre es so weit, bald würde es sich in Rauch auflösen und mit seinem Dunst Ihn versöhnen!

Mara presste Litos' Hand. Nun nicht mehr vor Angst, nun vor Hoffnung.

Dann ging alles ganz schnell. Schwarz wurde es, ein neuer Windstoß brauste heran, trieb das Feuer über die Wiese. Der Holzstapel erzitterte. Langsam neigte er sich zur Seite, verharrte einen Augenblick in der Schwebe, dann kippte er um und brach zusammen.

Funken stoben in die Luft.

Der Schädel des Stieres aber fiel in weitem Bogen auf die Wiese, rollte in die Dunkelheit.

Wie ein Schrei aus einer einzigen Kehle machte sich das Entsetzen der Menschen Luft: Hatte nicht ihr Gott selbst mit einer einzigen zornigen Geste ihr Opfer hinweggefegt?

In den Schrei hinein brach das Unwetter los. Blitz auf Blitz, Donner auf Donner, Schlag auf Schlag.

Dann der Regen. Nein, das war kein Regen mehr, das war, als habe sich Unten und Oben verkehrt, als sei der See am Himmel und wälze sich auf sie hernieder.

Im Feuer zischte und brodelte es. Blau wurde die Flamme, weißer Rauch stieg auf.

Das war das Letzte, was Mara von diesem Feuer sah.

Sie wurde weggerissen von der Menschenmenge, die von der Opferwiese floh, in namenlosem Grauen rannte. Litos'

Hand umklammernd lief Mara, wurde gestoßen, Litos fiel hin, sie zog ihn auf die Beine, hinter sich her, nur weg von hier, weg.

Der Weg verwandelte sich in einen reißenden Bach, die Wiese in einen Sumpf. Bei jedem Schritt spritzte das Wasser, bald wateten sie. Wohin? Nur weiter!

Auf einmal waren die anderen weg, bloß Litos noch an ihrer Hand, Litos, der lautlos vor sich hin weinte.

Noch immer folgte der Donner unmittelbar dem Blitz, noch immer jagte ein Blitz den anderen, noch immer schüttete das Wasser vom Himmel.

Sie blickte sich um. Sie wusste nicht, wo sie war. Auch wenn es noch nicht richtig Nacht war, konnte sie nichts sehen.

Sie stolperte vorwärts. Immer häufiger fiel Litos hin, war kaum mehr auf den Beinen zu halten. Sie nahm ihn auf den Arm, stolperte mit ihm in die Dunkelheit. Dann spürte sie ein weiches nachgiebiges Schmatzen unter ihrem vorgestreckten Fuß. Entsetzt zog sie den Fuß zurück, blieb stehen.

Das Moor!

So vollgesogen mit Wasser würde es sie nicht tragen können.

Versinken würde sie innerhalb weniger Augenblicke und niemals gefunden werden.

Unendlich behutsam ging sie rückwärts, tastend Schritt für Schritt dahin, woher sie gekommen waren. Doch schon nach wenigen Schritten wusste sie nicht mehr, ob sie die Richtung einhielt, und davon konnte ihr Leben abhängen.

Sie kauerte sich hin, setzte Litos ab, umschlang ihn, drückte ihn im strömenden Regen an sich und stieß hervor: »Wir dürfen keinen Schritt mehr machen, hörst du, Litos, bleib ganz ruhig, beweg dich nicht, gar nicht! Wir sind im Moor und müssen hierbleiben, bis es wieder hell wird und ich sehen kann, wo wir gehen können. Sonst kommen wir hier nicht mehr heraus!« Schließlich flüsterte sie nur noch: »Hast du das verstanden, Litos?«

»Ja«, weinte er und klammerte sich an sie.

Eine endlose Nacht kauerten sie so, während über ihnen das Gewitter tobte, der Sturm um sie heulte, vom See das Wogen der Wellen tönte.

Litos zitterte vor Kälte. Mara zitterte auch, doch nicht nur vor Kälte.

Schließlich legten sich Sturm und Gewitter, aber der Regen rann unablässig weiter.

Im Morgengrauen standen sie mit steifen Gliedern auf, nass und frierend.

Wäre Mara nicht hier am See aufgewachsen, hätte sie nicht von klein auf den Umgang mit den Tücken des Moores gelernt, hätte sie nun nicht so sorgfältig den Boden erforscht, jeden Schritt mit Bedacht gewählt, sie hätten niemals den Weg erreicht.

Sie liefen auf dem Damm durch den Regen, rannten fast. Ried und Röhricht verbargen den See. Dann erreichten sie die Stelle, an der der Blick frei auf den See ging. Zögernd sah Mara auf das Wasser, wandte sich schnell wieder ab. Treibende Schilfinseln wie Flöße auf dem grauen See – sie hatte ja gewusst, dass es so aussehen würde, dennoch erschreckte es sie.

Endlich näherten sie sich der Landestelle gegenüber der Dorfinsel.

Warum waren hier so viele Menschen? Alle Dorfbewohner schienen versammelt. Warum fuhren sie nicht auf die Insel? Warum waren alle so merkwürdig still? Und was taten die Männer dort drüben? Nun sah sie es: Sie banden Baumstämme zu einem Floß zusammen.

Aber sie besaßen doch Flöße und Einbäume genug!

»Litos!« Tante Eta war da, riss Mara Litos aus der Hand, hob ihn hoch, küsste ihn.

Mara wurde von ihrer Mutter umarmt: »O Mara, Kind, dass ihr da seid!« Die Mutter weinte.

Mara machte sich von ihr los. Starr schaute sie auf jene Stelle, ging mit beinahe traumwandlerischen Schritten zu ihr hin: Der Bohlenweg, der über den Moorboden zum Landesteg führte, riss einfach ab.

Sie stand da, wo gestern noch der Weg ein gutes Stück zum Landesteg weiter verlaufen war, und schaute in das dunkle Wasser zu ihren Füßen. Vom Steg, von der Anlegestelle, von den Flößen und Einbäumen war nichts mehr zu sehen.

Wasser, nichts als Wasser.

Nie hatte sie sich vorstellen können, was die Erwachsenen manchmal erzählten: dass früher einmal das Dorf nicht auf einer Insel, sondern am Ufer des Sees auf dem Land erbaut worden war. Zur Insel sei ihr Dorf erst später geworden, sagten die Erwachsenen, damals, als der See angestiegen sei und das Ufer überschwemmt habe. Einmal sollte Land gewesen sein, was sie, Mara, nur als Wasser kannte. Einmal sollte man zu Fuß und mit dem Wagen das Dorf haben erreichen können. Einmal, früher, bevor die Zeit der schweren Stürme und großen Regen begonnen hatte …

Nun sah sie selbst, wie aus Land Wasser geworden war. Und konnte es doch nicht fassen.

Holz trieb im See oder lag im Schilf. Lange starrte sie dieses Holz an, ehe sie begriff, dass dies die zerborstenen Reste des Steges und des Bohlenweges, der Flöße und der Einbäume waren.

Die hervortretende Zunge des Röhrichts, hinter der sie – vor einigen Tagen erst! – mit dem Einbaum in Not geraten war, war verschwunden.

Kaum wagte sie zur Insel hinüberzusehen. Ganz kurz nur tat sie es – und atmete auf.

Die starke Palisadenwand, sie war da wie eh und je. Dieser Wand, die viel breiter als Maras ausgestreckte Arme war, vermochte kein Sturm etwas anzuhaben. Diese Wand schützte das Dorf. An ihr brachen sich alle Wellen, verloren ihre Kraft.

Noch einmal schaute sie hinüber. Da durchzuckte sie neuer Schreck: Das Tor der Dorfinsel war zerstört!

Da erzürnten die Götter über den Hochmut der Menschen und zogen ihren Schutz und Segen von ihnen ab und der Himmel öffnete seine Schleusen und Wasser in verheerenden Strömen goss auf die Erde herab. Der Himmelsgott aber nahm den Schlaf des Vergessens von den Augen des gefesselten Riesen …

Jemand legte den Arm um ihre Schulter. »Lass mich!«, schrie sie.

Die Männer hatten das Floß fertiggestellt, fuhren damit zwischen Land und Insel hin und her und brachten die Menschen zum Dorf.

Irgendwann war Mara an der Reihe. Der weiche Torfboden brach ab, als sie an den Rand des erst in dieser Nacht neu geschaffenen Ufers trat.

Männerarme fingen sie auf, hoben sie auf das Floß.

Sie steuerten der Insel zu. »Das Tor war nach dem Überfall noch nicht wieder richtig instand gesetzt. Nur deshalb war es dem Sturm nicht gewachsen!«, sagte neben ihr die Mutter.

Mara hörte nicht die Worte der Mutter.

Mara hörte die Stimme in ihrem Innern.

Da sprengte der Riese die Ketten und kein Gott gebot ihm Einhalt und er stand auf aus der Tiefe des Meeres. Da tat sich das Meer auf …

Mara kniete an der Brücke nieder. Trümmer und Schlamm bedeckten das Ufer, sie konnte die Steine nicht sehen. Fieberhaft tasteten ihre Hände, schoben Holz, Pflanzen und Schlamm beiseite. Der Regen troff aus ihren langen Haaren, rann über ihr Gesicht. Oder waren es Tränen?

War der Stein noch da? Und das, was er verbarg?

Schnell blickte sie sich um. Niemand achtete auf sie. Alle stellten die vom Sturm angerichteten Verwüstungen fest, beklagten und beseitigten sie. Beide Tore, eine Brücke und Teile des an der Palisade entlangführenden Stegs zerstört; die Spuren des Wassers auf dem Ufer und in dem am Westtor gelegenen Gehöft; das hart am Wasser erbaute Stallgebäude zusammengestürzt und abgerutscht, unter seinen Trümmern erschlagenes Vieh; überall Schlamm; ein beispielloses Durcheinander, wohin man sah …

Nun hatte Mara die Steine freigelegt, zählte sie vom Brückenpfosten aus ab, erschrak zutiefst. Der vierte Stein von oben – er lag nicht mehr in halber Höhe zwischen Wasserlinie und Pfosten, sondern unmittelbar am Wasser.

Der See. Dass er so stark angestiegen war! Würde das Wasser wieder zurückweichen? Oder unaufhörlich weitersteigen?

Ihre Hände bebten.

Und das Meer tat sich auf und verschlang die Königliche Insel in einer einzigen Nacht.

Sie lockerte den Stein. Da war das Päckchen. Sie drückte es an die Lippen.

Es war da. Wichtiger als alles andere.

Nie wieder würde sie das Geheimnis ihres Vaters diesem gefährdeten Ufer anvertrauen, nie wieder es irgendwo verstecken! Kein Ort auf der Welt war ihr mehr sicher genug dafür.

Sie öffnete das Päckchen, hielt einen Augenblick die geschnitzte Geweihscheibe in der Hand, ließ sie dann in das Ledertäschchen gleiten, das sie aus dem Haus geholt hatte, band es sich mit einer Lederschnur um den Hals und verbarg es unter ihrer Bluse. Hier würde sie es von nun an tragen und niemals ablegen, und wenn jemals jemand wagen sollte, danach zu greifen, dann …

Gerettet. Nun konnte sie freier atmen.

Sie holte einen großen Korb und begann die angespülten Reste von Binsen, Seerosen, Schilf und Sumpfgewächsen einzusammeln, wie ihr Onkel befohlen hatte.

Keiner dachte daran, das Fest zu feiern. Es waren keine Worte nötig gewesen, damit jeder wusste: Dieses Jahr war das Sonnenfest vorbei, ehe es richtig begonnen hatte.

Mittags zog sie sich ins Haus zurück und schlief vor Erschöpfung ein. Doch nicht lange und sie schreckte wieder hoch, fand keine Ruhe mehr, half weiter bei den Aufräumungsarbeiten.

Am Abend fühlte sie sich zerschlagen, müde und doch hellwach. Sie wurde von ihrer Mutter zu Bett geschickt und allein gelassen. Die Mutter ging über den Hof zum anderen Seitenflügel zu den Tanten. Im großen Wohnraum im Mittelteil des Hauses hatten sich alle Männer des Dorfes versammelt. Mit ernsten Mienen waren sie gekommen, leise und besorgt hatten sie miteinander gesprochen, ihre Blicke aber waren einander ausgewichen.

Mara lauschte auf die gedämpften Stimmen. Anders klang es als sonst, wenn die Männer sich im Haus des Onkels versammelten.

Kein Lachen. Keine fröhlichen Zwischenrufe.

Sie stand auf, ging zur Trennwand zwischen ihrem Raum und dem großen Wohnraum, kniete sich auf die dort entlanglaufende Bank. So reichte sie genau mit dem Auge zu jenem kleinen Loch in der Wand.

Der Lehmverputz der Flechtwand war an dieser Stelle aufgesprungen. Mara hatte schon im letzten Winter mit einem Messer diesen Sprung vergrößert und in die geflochtenen Ruten ein Loch gebohrt, um hindurchsehen zu können. Niemandem war es aufgefallen. Seither konnte sie beobachten und belauschen, was im Wohnraum vor sich ging.

Wenn Onkel Vicos das je erfuhr!

Es war verboten und ungehörig und man tat es nicht.

Sie wusste es. Aber es war so verlockend. Jedes Mal, wenn sie der Versuchung erlegen war, konnte sie vor schlechtem Gewissen nicht einschlafen. Dann schwor sie sich, es nie wieder zu tun und gleich am nächsten Morgen das Loch mit Lehm zu verschmieren.

Dennoch war dieses Loch geblieben und immer wieder sah sie hindurch, auch heute.

Aber heute war es nicht Neugier, heute war es Angst. Sie ertrug dieses Schweigen der Erwachsenen nicht mehr, ihre Blicke, ihre blassen Gesichter. Sie musste wissen, was die Männer besprachen.

Die Fackeln brannten und erhellten den großen Raum. Die Männer saßen still und hatten ihr die Gesichter zugewandt. Mara zuckte zusammen. Schauten nicht alle auf das kleine Loch in der Wand? War sie entdeckt worden? Dann würde jetzt mit wenigen Schritten Onkel Vicos bei ihr sein – o nein! Onkel Vicos kam nicht. Er stand ganz ruhig da, in der Nähe der Wand, mit dem Rücken zu ihr. Ihn schauten alle an, nicht sie.

Er sprach. Wenn sie sich anstrengte, konnte sie hören, was er sagte. »… wisst ihr selbst. Die Verwüstungen sind groß. Hätten wir nicht vor Jahren an der Seeseite die zusätzliche zweite Palisade gebaut – ich wage mir nicht vorzustellen, welches Ausmaß der Schaden dann angenommen hätte! Doch schlimmer als der Schaden ist etwas anderes. Wir werden die Brücke, den Steg, den Stall und die Tore erneuern, eine neue Anlegestelle am Land bauen, die Uferbefestigung prüfen, neue Flöße bauen und neue Einbäume herstellen, es wird

Mühe und Zeit kosten, aber das ist es nicht, was mich mit Sorge erfüllt, und ich weiß, euch geht es wie mir. Es nützt uns nichts, wenn wir die Augen verschließen. Es nützt uns nichts, wenn wir es mit Schweigen bedecken. Der See steigt. Er greift mit gierigen Armen nach dem Land. Er greift mit gierigen Armen nach unserer Dorfinsel.«

»Wir werden sie verlassen müssen!«, rief eine Stimme.

»Verlassen?«, fragte Onkel Vicos. Wie er dieses Wort aussprach und wie er danach schwieg, schon das zeigte, wie wenig er einen solchen Vorschlag für denkbar hielt. »Und was bietet uns dann Schutz vor den Räuberbanden und den Scharen der berittenen wilden Fremden, die uns immer wieder heimsuchen? Soll es uns ergehen wie den Bauern am Ufer, die nichts gerettet haben als ihr blankes Leben, und selbst das nur durch unsere Hilfe, durch die Hilfe unserer Insel?! Was soll aus uns werden, wenn Ried und Wasser unser Dorf nicht mehr schützen? Wollt ihr zusehen, wie eure Frauen geschändet und ermordet und eure Kinder verschleppt werden? Begreift ihr nicht, dass wir die Insel retten müssen, um uns selbst zu retten?«

Nach diesen Worten herrschte langes Schweigen. Dann sagte ein alter Mann: »Das Schlimmste, Vicos, das Schlimmste hast du noch immer nicht ausgesprochen.«

»Ja«, erwiderte Onkel Vicos gepresst und merkwürdig farblos. »Ich weiß. Und ich gebe offen zu, ich habe Angst, es auszusprechen. Wäre mein Bruder Riacos noch unter uns, so wäre es seine Sache, dies zu tun, und er wäre berufener dazu als ich.«

Wieder machte der Onkel eine Pause, sprach dann zögernd und mühsam weiter, immer wieder um Worte ringend. »Unser Opfer ist von den Göttern verschmäht worden. Es war nicht der erste Sturm, den wir erlebt haben, nicht zum ersten Mal hat es in ein Opferfeuer geregnet. Aber letzte Nacht – nein, eine so deutliche und zornige Zurückweisung habe ich in meinem ganzen Leben noch nie erfahren, noch nie habe ich von Vergleichbarem gehört. Mein Verstand reicht nicht, um zu begreifen, was geschehen ist und warum es geschehen ist, aber das weiß ich: Die Götter haben sich von uns gewendet. Er, unser Gott, dem wir gestern das Heilige Feuer entzündet haben, erhört uns nicht. Ich zermartere mir das Hirn, womit wir dies auf uns gezogen haben, aber ich bin schließlich nur ein einfacher Bauer und Fischer, ich finde keine Antwort. Eines aber sage ich euch: Wir sind ohne Seinen Schutz und Schirm. Die Höhe hat sich von uns abgekehrt und die Tiefe hat sich gegen uns verschworen. Sie trachtet nach unserer Insel, sie trachtet nach unserem Dorf und Besitz, sie trachtet nach unserem Leben. Riacos wusste um das furchtbare Seeungeheuer, das im Schlamm des Sees von den Geistern der Tiefe in Schlaf gehalten wird. Er kannte die dunklen Mächte des Sees. Nur die Götter selbst können sie bannen, hat er gesagt. Nur die Götter selbst können verhindern, dass die Geister der Tiefe das Seeungeheuer zu unser aller Verderben erwecken und loslassen. Doch welche Hoffnung bleibt uns nun, da die Götter sich von uns gewendet haben, da Er, unser Gott, uns verlassen hat? Was bleibt uns noch zu tun? Womit können wir das Verhängnis aufhalten?«

Er schwieg. Keiner sagte etwas. Doch war nicht in diesem Schweigen schon die Antwort?

Schließlich sprach er weiter: »Ja, ihr wisst es und ich weiß es. Nur eines gibt es, was die Mächte der Finsternis besänftigen kann, nur eines gibt es, womit ein Mensch ihnen entgegentreten kann, nur eines gibt es, was sie abhalten kann das Seeungeheuer zu wecken, um unsere Insel und uns alle zu verschlingen: Wir müssen ihnen geben, was sie mehr begehren als alles andere …«

Er stockte und sprach dann sehr rasch, laut und hart weiter: »Und darum habe ich beschlossen, ich in meiner Aufgabe als euer Oberhaupt, dass wir den Mächten der Tiefe opfern, um sie zu besänftigen. Mit Opfern an Schmuck und Waffen lässt sich ihr Wohlwollen nicht länger erkaufen. Sie verlangen mehr von uns, Wertvolleres. Sie verlangen das Äußerste. Der Sturm war ihre letzte Warnung. Ihre Forderung nach dem Leben eines Kindes.«

Mara stöhnte auf.

O nein!

Das war doch nicht möglich! Noch nie dagewesen!

Ein Kind.

Im letzten Herbst war ein Kind im See ertrunken. Da hatten die Erwachsenen geflüstert, die Geister der Tiefe hätten es sich geholt … Aber ihnen freiwillig zu geben, wonach sie verlangten!

So groß war also die Not, so groß die Verzweiflung.

Oder hatte sie es falsch verstanden? Hatte Onkel Vicos es nicht so gemeint?

Sie hatte nicht mehr auf die Stimmen im Nebenraum geachtet. Nun lauschte sie wieder.

»Wer soll dies Opfer bringen?«, fragte eben der Nachbar.

Onkel Vicos antwortete und jetzt klang seine Stimme fremd und metallen: »Ich. Wer sonst! Ich bin euer Oberhaupt und der, der die priesterlichen Aufgaben zu erfüllen hat. Mein Reichtum ist größer als eurer – und meine Pflicht. Ihr braucht mich nicht daran zu erinnern, ich weiß, dass ich selbst es bin, der es tun muss. Im Herbst, wenn die dunkle Zeit beginnt, das Halbjahr der dunklen Mächte, zur Tagundnachtgleiche, werde ich das Opfer vollbringen. Meinen Sohn. Ich habe nur einen, der das richtige Alter dafür hat: Litos. Ja, ich werde Litos töten und im Schlamm des Grabens vor unserer Uferbefestigung versenken. Ihn für euch alle! Und bis zu dem Tag, an dem dies geschehen muss, werdet ihr darüber schweigen, ein Vierteljahr lang unverbrüchlich schweigen! Verflucht sei jeder in Zeit und alle Ewigkeit, der nicht bis dahin schweigt über das, was er hier gehört hat!«

Plötzlich schrie er: »Und nun geht! Verlasst mein Haus! Geht und sagt jetzt um Himmels willen kein Wort mehr, kein einziges Wort!«

Die Männer standen auf und gingen still hinaus. Mara aber, im Nebenraum, glitt von der Bank, krümmte sich am Boden zusammen, schlug die Hände vor das Gesicht.

Litos!

Nicht Litos! Das nicht!

Die Stimme des Onkels, der Schmerz darin, die Entschlossenheit.

Er würde es tun. Er würde Litos töten.

Aber das durfte doch nicht geschehen!

Wenn sie nur etwas tun könnte! Mit jemandem reden.

Aber da war keiner.

Sie durfte es ja gar nicht wissen, nur die Männer. Und sie durfte nicht darüber reden, denn auch ihr galt der Fluch.

Wenn nur der Vater noch leben würde!

Würde er es zulassen?

Ein Kind töten.

Das Seeungeheuer.

Da sprengte der Riese die Ketten und kein Gott gebot ihm Einhalt und er stand auf aus der Tiefe des Meeres. Da tat sich das Meer auf und verschlang die Königliche Insel in einer einzigen Nacht.

Nur das wertvollste Opfer konnte Rettung bringen. Ein Kind. Wenn schon ein Kind, dann eben ein anderes, aber nicht Litos!

Doch Litos. Onkel Vicos' eigener Sohn.

Aber es musste doch eine andere Möglichkeit geben, die Mächte der Tiefe zu besänftigen!

Oder zu bannen?

Nun verschonten die Götter sie mit ihrem Zorn und fesselten noch einmal den Riesen, senkten den Schlaf auf seine Lider, ein letztes Mal.

Die Hilfe der Götter. Des Einen.

Aber Er hatte das Opferfeuer umgestoßen und ausgelöscht. Er hatte den geopferten Stier verschmäht. Er hatte ihre Lieder nicht gehört. Er hatte sie verlassen.

Gab es denn niemanden, der Ihn anrufen konnte, Ihn bewegen, ihnen gegen die Geister der Tiefe zu helfen?

Wenn Camos da wäre! Wenn sie mit Camos reden könnte! Camos würde wissen, was zu tun war.

Auf Camos würde Onkel Vicos hören.

Er musste kommen, er musste einfach. Das würde er doch einsehen, dass er ihnen jetzt beistehen musste!

Onkel Vicos, der Einzige, der darüber sprechen durfte, würde es ihm sagen, und er würde es sich anhören und lange schweigen und dann würde er erklären, was sie tun sollten, ohne Litos zu opfern.

Und bleiben, bis alles wieder gut war.

»Alles wieder gut«, flüsterte sie vor sich hin.

Aber wer sollte ihn holen?

Sie konnte ja niemandem sagen, was sie wusste ...

Wie sollte sie jemanden dazu bringen, hinter Camos herzureiten und ihn zu bitten zu ihnen zurückzukehren?

Oder sollte ... sollte ...?

Die Tür ging auf, die Mutter trat herein, fand sie am Boden vor, sagte verwundert: »Aber Mara, warum liegst du nicht im Bett, sondern kniest am Boden? Komm, Kind, ich weiß, es war alles ganz schrecklich für dich, der Sturm und das Verlaufen im Moor und die Zerstörung überall, aber du musst doch schlafen, leg dich hin, neben mich!«

Mara gehorchte. Die Mutter legte den Arm um sie. Doch Mara fühlte sich nicht geborgen.

Nur einer könnte ihr jetzt Sicherheit geben, nur einer.

Wäre er nur da!

Sie konnte nicht einschlafen. Ihr Kopf war so schwer und alles ging darin durcheinander: Litos und der See und die Götter und der gefesselte Riese und die Geister der Tiefe und das Seeungeheuer und Litos und Onkel Vicos und Camos …

»Mutter«, fragte Mara leise, »weißt du, wo Camos wohnt?«

»Camos? Weit weg von hier, im Nordosten. In einer großen Burg, der Callmosburg. Warum willst du das wissen?«

»Weil«, sie stockte, sprach dann überstürzt weiter, »weil wir ihn doch brauchen, weil er uns doch helfen muss, jetzt, wo das Unglück geschehen ist, mit dem Opferfeuer und dem See und … und … und ich will …«

»Camos? Was hat das mit Camos zu tun? Wie kommst du nur auf einen solchen Einfall! Lass die Dummheiten, Mara, und schlaf, du bist ja ganz durcheinander! Kein Wunder nach der letzten Nacht und diesem Tag! Nein, sag nichts mehr, ruhig, Kind, schlaf!«

Mara steckte die Fackel in die Halterung und beugte sich über die Truhe. Sie musste sich anstrengen den schweren Deckel hochzuheben. Laut knarrte er. Angestrengt lauschte sie. Aus dem Nebenraum klang gleichmäßig das Schnarchen von Onkel Vicos. Dass er schlafen konnte, in dieser Nacht, nachdem er angekündigt hatte seinen eigenen Sohn zu opfern!

Sein Messer musste in der Truhe sein, das wertvolle Messer, das er einmal als Gastgeschenk bekommen hatte und nur zu feierlichen Anlässen am Gürtel trug, weil es einen so besonderen Hirschhorngriff mit Bronzeende hatte und er die schön gebogene, mit Linien und Punkten verzierte Bronzeklinge nicht verkratzen wollte. Aber sie musste es nehmen, sie brauchte ein Messer, schließlich musste sie jetzt selbst für sich sorgen und vielleicht musste sie sich sogar schützen und ein Messer, das in Gebrauch war, konnte sie doch nicht nehmen, das würde ja gleich vermisst werden!

Ja, hier war es, unter Veltos' zu klein gewordenem Kittel, neben dem Rasiermesser und der Halskette von Onkel Vicos. Die Halskette – sie stockte, griff danach, wog sie in der Hand. Schwer war sie. So viele Bronzeringe, dicht an dicht auf ein starkes Leinenband aufgenäht, dazwischen vier bronzene Anhänger. Was man gegen diese Kette wohl alles eintauschen konnte? Einen Einbaum? Ein Pferd? Sie wusste es nicht, niemand hatte ihr je den Wert dieser Ringe erklärt. So vieles gäbe es, was sie jetzt wissen müsste!

Diese Kette, die könnte sie bestimmt auch brauchen. Wer Bronze hatte, konnte alles bekommen, was er benötigte – und wie sollte sie wissen, was sie benötigen würde!

Sie zögerte: Wenn Onkel Vicos ahnen würde, dass ich dabei bin, sein schönstes Messer und seine Kette zu nehmen! Zu – stehlen? Nein, stehlen ist es nicht. Oder? Ich nehme nicht alle Ringe. Einige werden reichen. Vielleicht brauche ich sie auch nicht, und wenn ich wieder zurückgekehrt bin, werde ich sie einfach wieder annähen und Onkel Vicos wird niemals etwas davon merken. Er trägt die Kette fast nie. Und das Messer auch nicht. Nein, er merkt es nicht. Und es ist ja nur zur Sicherheit! – Aber wenn ich die Ringe nicht mehr zurückbringe? Wenn er erst weiß, wofür ich es getan habe, wird er es mir verzeihen. Und Camos wird es ihm erklären. – Camos. Wenn ich ihn finde, ist alles gut. Er weiß, was zu tun ist. – Ich kann ihm nicht alles sagen, nicht das von Litos! Ich darf ja nicht darüber reden, sonst trifft mich der Fluch! Aber Camos wird es trotzdem verstehen. Er ist so klug und er kennt die Geschichten und er war ein Freund meines Vaters – er versteht einfach alles, bestimmt! Er wird mit mir kommen und bis zum Herbst bei uns bleiben, und wenn der Opfertag da ist, wird er etwas tun, irgendetwas, die Götter versöhnen und zu Hilfe rufen, die Geister bannen, damit Litos nicht geopfert werden muss.

Mara nahm das Messer und trennte vorsichtig einige Ringe von dem Band.

Wenn ich nun Camos nicht finde? – Natürlich finde ich ihn!

Mutter sagt, es ist sehr weit. – Aber ich muss ja nicht bis zur Callmosburg, wo er wohnt. Er wollte doch noch zu Freunden, hat er gesagt. Und ich weiß, wie die Burg heißt, in der er einen Besuch machen wollte: Herbrosburg. Dort wird er sein. Dorthin ist es bestimmt nicht so weit.

Ich weiß nicht, wo diese Herbrosburg liegt. – Unsinn! Nach einer Burg kann man schließlich fragen. Und ich weiß, dass es im Nordosten sein muss. Auf dem Weg nach Hause, hat er gesagt. Ich tue es. Ich werde ihm folgen und ihn einholen.

Ich darf nicht. So etwas darf ich nicht tun. – Aber Litos und das Seeungeheuer und die Geister der Tiefe! Nur Camos kann uns helfen, nur Camos …

Werde ich ihn überhaupt einholen können? Wenn ich nur ein Pferd hätte! Aber ich kann nicht reiten. Ich muss eben laufen, so schnell ich kann.

Was soll ich in der Burg sagen, um überhaupt eingelassen zu werden? – Ich muss behaupten, dass Onkel Vicos mich schickt, sonst hört der Wächter mich gar nicht an. Ja, ich sage, Onkel Vicos lässt Camos bitten zu uns zurückzukehren.

Er wird mir nicht glauben! Niemand schickt ein Mädchen hinter einem Herrn her. Wenn man schon keinen Mann schicken würde, dann einen Jungen. Niemand lässt ein Mädchen allein so weit weg vom Dorf. Mutter sagt immer, die Zeiten sind zu gefährlich für ein Mädchen allein. Und die Leute, denen ich unterwegs begegnen werde ... Ein Mädchen allein auf der Wanderschaft ... Alle werden sich wundern. Auslachen werden sie mich. Mehr als das ... Werden sie mich aufhalten? Die Männer ... Ein Mädchen allein ...

Maras Finger krampften sich um das Kleidungsstück in der Truhe: der Kittel von Veltos.

Der Kittel von Veltos.

Sie starrte ihn an: nur ein Kittel. Und doch viel mehr. Ungeahnte Möglichkeiten.

»Ich kann doch nicht ...? Warum eigentlich nicht! Es ist viel besser, wenn man mich für einen Jungen hält. – Die langen Haare würden mich verraten! Haare kann man abschneiden.«

Sie sprang auf.

Wenig später lagen ihr Rock und ihre Bluse sorgfältig gefaltet ganz am Boden der Truhe und sie trug den Kittel, die um die Waden gewickelten Beinlappen und den Umhang von Veltos. Die Ringe von der Kette hatte sie in einen kleinen Beutel gesteckt, den sie um den Hals trug, zu der geschnitzten Geweihscheibe. Auch ihre bunte Glasperle versteckte sie in diesem Beutel. Einen Augenblick hielt sie die Hand darauf. Sie versuchte an ihren Vater zu denken. Aber das Gesicht, das sie vor sich sah, hatte die Augen von Camos.

Mara griff nach dem Rasiermesser mit der scharfen, halbmondförmigen Klinge. Einmal noch zögerte sie: »Wenn Mutter wüsste, was ich tue!« Doch schon setzte sie das Messer an. Strähne für Strähne trennte sie das Haar schulterlang ab, so wie Veltos es trug.

So weit sie zurückdenken konnte, hatte sie lange Haare gehabt wie alle Mädchen. Merkwürdig kam sie sich vor mit den Haaren in Händen, unwirklich. Langsam ging sie zur Feuerstelle.

Die Glut glimmte noch schwach. Sie warf das dicke Büschel ihrer Haare darauf.

Es knisterte und zischte. Eine hohe, helle Flamme schoss empor.

Sie stand und schaute in dieses jäh auflodernde Feuer. Und ihr war, als sei sie mitten darin: Da verbrannte ein Teil von ihr. Eine Haut, aus der sie geschlüpft war.

Aber was darunter zum Vorschein kam, war nicht fremd, nur anders. Als sei es das, was sie immer hatte werden sollen, worauf sie seit Langem gewartet hatte. Wie ein Schmetterling, der aus der Puppe kroch und die Flügel ausbreitete. Und endlich frei war.

Das Feuer sank zusammen. Ein zusammengeschmolzener Klumpen nur noch war von ihrem Haar übrig geblieben. Ein beißender Geruch hing in der Luft.

Sie zog den Umhang enger um die Schultern, schüttelte den Kopf und wunderte sich über seine Leichtigkeit.

Etwas war geschehen mit ihr. Und nichts würde je wieder sein, wie es war.

Sie gab sich einen Ruck. Dann steckte sie das schöne Messer von Onkel Vicos in ihren Gürtel – schon dachte sie nicht mehr: Veltos' Gürtel –, schob einige Fladenbrote und kleine steinharte Käsebrocken in einen Beutel, nahm einen Fellsack für Trinkwasser, löschte die Fackel und verließ schnell das Haus.

Draußen war tiefe, mondhelle Nacht. Doch die Schritte zum Hafen hätte sie auch mit geschlossenen Augen gefunden. Sie tastete herum, suchte nach dem Einbaum, dem einzigen, der – weit auf die Insel gezogen – den Sturm unbeschadet überstanden hatte und der, wie sie wusste, hier irgendwo vertäut im Wassergraben liegen musste, stieß gegen irgendetwas. Eben hatte sie ihn gefunden, da hörte sie Schritte auf dem Steg.

Sie erschrak heftig: ein Wärter! Onkel Vicos hatte Männer eingeteilt, die nachts das Dorf bewachten, falls die feindlichen Reiter zurückkommen sollten, denn die Tore waren noch vom Sturm zerstört. Leise legte sie sich auf den Boden und wartete, bis die Schritte wieder verklungen waren. Nun musste der Mann auf der anderen Seite der Insel sein.

Jetzt oder nie!

Vorsichtig stieg sie ins Boot, kniete sich nieder, tastete nach dem Paddel, stieß sich ab und paddelte unendlich langsam los. Der Einbaum glitt durch das Wasser. Dann stieß er gegen die Palisadenwand. Sie hielt den Atem an. Überlaut erschien ihr der dumpfe Aufschlag in der Stille der Nacht. Aber sie hörte keinen Ruf und keine Schritte. Bootslänge für Bootslänge arbeitete sie sich vorwärts. Endlich hatte sie das Tor erreicht, ließ die Insel hinter sich.

Nebel wallte vom Ufer auf sie zu und hüllte sie ein, verschluckte das leise Plätschern des Wassers. Nun war sie vor Entdeckung sicher.

Behutsam paddelte sie. Linke Seite, rechte Seite, linke Seite, rechte Seite, weiter und weiter.

Musste nicht längst das Land erreicht sein?

So weit war es doch nicht von der Insel zum Ufer!

Angestrengt schaute sie ins Dunkel. Sie konnte nichts erkennen.

Wenn sie von der Richtung abgekommen war! Wie leicht konnte das geschehen, wenn man nicht ganz gleichmäßig paddelte! Wenn sie nun auf den offenen See hinaustrieb!

Oder irgendwo an Land kam, wo das Ufer unbegehbar war!

Wie sollte sie im Finstern wissen, wo man es wagen konnte, den Fuß hinzusetzen? Ein einziger Fehler konnte tödlich sein. Sie legte das Paddel in den Einbaum und rührte sich nicht mehr.

Es war aussichtslos. Wie hatte sie nur so dumm sein können!

So unüberlegt aufzubrechen! Bei Dunkelheit und Nebel auf dem Wasser! Ihr blieb nichts anderes übrig, als auf den Morgen zu warten.

Aber sobald sie genug sehen konnte, um an Land paddeln zu können, würde auch der Wächter auf der Palisade sie sehen können. Und sie zurückholen. Selbst mit einem Floß würde er schneller sein als sie mit einem Einbaum.

Und ihre Kleidung und ihr Haar und das Messer und die Ringe und Mutter und Onkel Vicos …

Und Litos!

Irgendwann stieß ihr Boot an. Sie fuhr auf, tastete herum, bekam einen Holzpfosten zu fassen, noch einen, tastete weiter, brauchte lange, bis sie begriff: Sie war mit dem Einbaum genau an der notdürftig hergerichteten Landestelle am Bohlenweg gestrandet!

Sie kletterte hinaus, vergaß den Einbaum festzubinden, kniete auf dem Weg nieder, hob die Arme zu einem stummen Gebet. Sie wusste, wie ganz und gar unwahrscheinlich es war, ohne etwas sehen zu können an der richtigen Stelle anzukommen. Das konnte kein bloßer Zufall sein, kein bloßes Glück!

Ein guter Geist musste auf ihrer Seite sein, ein Geist, der sie beschützte. Ein Geist, der wollte, dass ihr gelang, was sie sich vorgenommen hatte. Der wollte, dass sie Camos zu Hilfe holte.

Wer immer es war, dieser Unsichtbare, sie wollte ihm danken. Und mit neuem Mut nach Camos suchen.

Sie ging langsam und vorsichtig, um nicht vom Weg abzukommen. Das Röhricht und das Moor waren voll leiser Geräusche. Oder war es das Singen der Moorgeister, jener kaum hörbare schwebende Gesang, mit dem sie den Wanderer lockten den festen Boden zu verlassen, um ihn dann mit ihren wallenden Armen zu umfassen und hinabzuziehen in ihr dunkles Reich der Nimmerwiederkehr?

Aber sie würde ihnen nicht folgen.

Man musste ganz fest an etwas anderes denken, um ihnen nicht zu erliegen. Sie dachte an Camos. Wie glänzend und prachtvoll er im Schmuck der schimmernden Bronze auf dem Floß gestanden hatte, wie er sie aus dem See gezogen hatte …

Endlich graute der Morgen. Im Zwielicht zogen die Nebelschwaden über den Weg. Jetzt konnte sie etwas rascher laufen. Das tat gut, denn ihr war kalt geworden. Zu ihrer Rechten lag der See, gesäumt vom mit Weiden durchsetzten Ried. Links zog sich bis zur sanften Hügelböschung das Moor, vereinzelt bewachsen mit Birken und Krüppelkiefern. Da vorn im Nebel, was lauerten dort für Gestalten, geduckt hinter den Birken?

Ihr Herz schlug rasend. Die fremden Feinde!

Sie drehte sich um, wollte zurückrennen. Auch hier der gleiche Anblick: dunkle Gestalten, geduckt zum Sprung.

Sie fasste nach dem kleinen Beutel auf ihrer Brust.

Nichts regte sich. Keiner fiel über sie her, packte sie.

Endlich begriff sie: Sie hatte sich von den Trugbildern der Moorgeister narren lassen. Kümmernde Kiefern waren es, was sie für Männer gehalten hatte!

Noch einmal würde ihr das nicht geschehen.

Sie ging weiter. Sie wollte möglichst weit gekommen sein, ehe man im Dorf ihr Verschwinden bemerkte.

Die Mutter. Ob sie sich Sorgen machen würde?

Warum hatte die Mutter ihr auch nicht zuhören wollen!

Trotzdem.

Schnell schob sie den Gedanken weg: Schließlich war es für Litos!

Als sich die Nebel verzogen hatten und der Tag angebrochen war, hatte sie den Wald im Norden des Sees erreicht.

Einen Augenblick ruhte sie sich aus, aß etwas Brot, pflückte am Wegrand ein paar Beeren, doch schon machte sie sich wieder auf. Sie wollte keine Zeit verlieren. Sie ging und ging.

Die Sonne schien und trocknete das Land. Es wurde warm. Bald würde die Hitze über dem Wald brüten.

Die Hitze, so wie vorgestern, am Tag des Opferfestes ...

Wie Litos über Durst geklagt hatte ...

Und nun, und nun, viel Schlimmeres als Durst, und er ahnte es nicht und war noch so klein und sie liebte ihn ja und er durfte doch nicht ...

Mara wischte sich Schweiß und Tränen aus dem Gesicht.

Den ganzen Vormittag schleppte sie sich weiter. Sie war erschöpft. Wie Nebel war es in ihrem Kopf.

Der Weg gabelte sich. Welcher von beiden führte zur Herbrosburg?

Zwei Wege mitten im Wald. Und kein Mensch, den sie fragen konnte.

Ratlos stand Mara da, ehe sie sich zögernd nach rechts wandte.

Langsam ging sie und Schritt für Schritt wurde sie langsamer. Sie war so müde. Und die Füße taten weh. Alles tat weh. Bestimmt hatte sie sich in der Nacht im Moor erkältet! Bestimmt hatte sie Fieber.

Wenn sie krank war, machte ihr die Mutter immer ein Lager ganz nah am Feuer und ließ sie heiße Milch mit Honig trinken. Honig gab es sonst nie.

Es war schön, am Feuer zu liegen und der Mutter zuzusehen, wie sie kochte oder nähte oder webte oder spann. Manchmal sang die Mutter auch bei der Arbeit. Sie hatte eine schöne Stimme, hell und klar. Und dann sah die Mutter sie an und lächelte und strich ihr über die Stirn und zog ihr die Decke höher. Eine leichte warme Felldecke.

Schön wäre das.

Mara blieb stehen.

Ein Bett. Ihr Bett.

Mara drehte sich um.

Ihre Mutter.

Mara machte ein paar Schritte zurück. Dann verharrte sie wieder. Sie war von daheim weggelaufen, einfach weggelaufen, ohne etwas zu sagen! Sie hatte den Einbaum genommen – zum zweiten Mal hatte sie einen Einbaum genommen, obwohl sie es nicht durfte. Sie hatte die Ringe von der Kette gestohlen und das Messer. Und sie hatte ihr Haar abgeschnitten und alle würden es sehen. Kein Mädchen hatte kurze Haare, kein einziges. Sie hatte sich als Junge verkleidet, das gehörte sich nicht.

Onkel Vicos würde zornig auf sie sein, so zornig wie noch nie.

Es war schlimm, wenn Onkel Vicos zornig war.

Und sie konnte es ihm nicht erklären. Nicht ohne Camos.

Camos.

Wenn sie ihn nicht holte, holte ihn keiner. Und Litos würde sterben.

Sie musste weiter.

Aber wie sollte sie zur Herbrosburg finden?!

»Kehr um«, sagte eine Stimme in ihr. »Geh nach Hause!«

»Nein«, widersprach eine andere. »Versuch es! Du musst es wenigstens versuchen!«

Aber die Beine wollten nicht mehr und alles um sie herum schwankte, im Kopf war ihr ganz wirr. Sie musste sich ausruhen, nur ein bisschen ausruhen.

Am Wegrand hockte sie sich hin.

Wenn jemand vorbeikam und fragte, was sie hier mache?

Mühsam raffte sie sich auf, schlug sich durchs Gebüsch, ging ein Stück in den Wald hinein. Das hohe Gras dort sah weich und einladend aus.

Sie ließ sich nieder, wickelte sich in den Umhang, legte sich ins Gras. »Litos!«, murmelte sie vor sich hin. »Ich geb nicht auf, ich verspreche es dir. Ich hole Camos für dich. Ich finde ihn. Oh, ich muss ihn einfach finden!«

Gegen ihren Willen schlief sie ein.

Sie flog über den See, wie ein Vogel. Die Sonne schien, glänzend spiegelte die ruhige Wasserfläche, Rauch stieg aus den Häusern der Insel auf und da, auf der Palisade, stand Litos, lachte und winkte ihr zu. Plötzlich war der See grau und aufgewühlt. Wellen schlugen an die Palisaden, höher und immer höher, leckten darüber, griffen nach Litos. Sie hörte seinen Schrei, ihren Schrei.

Sie wachte auf, sprang hoch, schaute wild um sich.

Morgenkühle lag über dem Wald. Durch die Wipfel der

Bäume drang helles Licht. Vögel sangen, von ferne rief ein Kuckuck. Sonst war es still.

Benommen fuhr sie sich durchs Haar, fühlte die Feuchtigkeit zwischen den Fingern. Auch ihr Mantel war klamm. Im Gras glitzerte der Tau.

Sie rieb die kalten Hände aneinander, streckte die steifen Glieder. Sie musste den Nachmittag und die ganze Nacht hier im Wald geschlafen haben!

Zögernd ging sie ein paar Schritte. Nein, krank war sie nicht geworden.

Hunger meldete sich. Sie holte eines der flachen Fladenbrote aus ihrem Beutel, biss hinein. Noch war es frisch, ließ sich abbeißen. Es schmeckte so gut wie schon lange nicht mehr.

Zwischendurch nagte sie an einem der kleinen steinharten Käsebrocken, die sie eingesteckt hatte. Die Mutter zerstieß diese Käsesteine immer im Mörser, mischte sie beim Kochen unter den Brei.

Daheim ...

Ob Onkel Vicos nach ihr suchen ließ? Ob die Mutter Angst um sie hatte? Vielleicht glaubten sie, sie sei im Moor versunken?

Wie hatte sie nur einfach von daheim weglaufen können!

Sie schob Brot und Käse in den Beutel zurück. Sie brachte keinen Bissen mehr hinunter.

Die Wellen. Die Wellen hatten nach Litos gegriffen.

Sie schlug sich durch den Wald zurück zum Weg, erreichte die Kreuzung.

Da, von Norden her, kam ein Mann, der ein Packpferd am Zügel führte. Sie wollte sich im Gebüsch verstecken.

Zu spät, er hatte sie schon bemerkt. Ängstlich blieb sie stehen.

Er ging nach vorn geneigt, gebückt unter der Last des hoch beladenen Tragekorbs auf seinem Rücken. Bei jedem Schritt stützte er sich auf den Schaft seiner Lanze, die er mit der funkelnden Bronzespitze nach oben trug und wie einen Wanderstab benutzte.

Mara tastete nach dem Messer an ihrem Gürtel.

Nun war der Mann heran, fasste die Lanze fester, sah sich argwöhnisch um, musterte Mara eindringlich, schien sich dann dafür zu entscheiden, sie für harmlos zu halten.

»Schlechte Zeiten für einen Jungen wie dich allein im Wald! Wo kommst du her?«, sagte er mit einem kurzen Kopfnicken.

Mara machte eine unbestimmte Bewegung zum Gebüsch. »Ich ...« Sie verstummte.

»Wo musst du hin?«, fragte er weiter. »Wenn du zur Dorfinsel unterwegs bist, kannst du dich mir anschließen, du kannst mir tragen helfen!«

»Danke«, sagte sie. »Aber ich muss nach Nordosten.«

Jetzt erkannte sie ihn. Ein Bronzeschmied war er, der jeden Sommer durch die Siedlungen zog, Messer, Armreifen, Sicheln und Pfeilspitzen anbot und zerbrochene Werkzeuge und Waffen reparierte. Seit dem Tod ihres Vaters kehrte er auch in ihrem Dorf jedes Jahr ein.

Plötzlich kamen ihre Worte ganz von selbst: »Wenn du zur

Dorfinsel kommst, könntest du dort Vicos etwas ausrichten, dem Dorfvorsteher? Einen Gruß von Mara, und er soll sie nicht suchen, es geht ihr gut und sie kommt bald zurück und sie muss nur etwas tun, etwas Wichtiges, und später wird sie alles erklären …«

Der Mann sah sie verwundert an. »Wer ist diese Mara?«, fragte er. »Was soll das Ganze?«

Sie wurde rot. »Oh, ein Mädchen, ich bin ihr begegnet«, erwiderte sie schnell. »Sie hat mich gebeten das auszurichten, aber ich muss doch weiter!«

Er zuckte die Achseln. »Meinetwegen!«, sagte er. »Ich richte es aus.« Er trieb sein Pferd an, wandte sich kopfschüttelnd zum Gehen. »Merkwürdige Sitten«, brummte er vor sich hin. »Das soll einer verstehen. Junge Burschen allein auf der Wanderschaft, Mädchen, die Wichtiges zu tun haben, seltsame Nachrichten … Diese Jugend! Na, mir soll es gleich sein.«

»Ach, bitte!«, rief sie ihm nach.

Er sah zurück. »Was ist jetzt noch?«, fragte er unwillig.

»Dieser Weg, er führt doch nach Nordosten? Zur Herbrosburg?« Sie zeigte in die Richtung, aus der er gekommen war.

»Der Weg führt zum Fluss. Wenn du in die Herbrosburg willst, sieh zu, dass du auf einem Boot oder Floß mitfahren kannst!«

Sie seufzte tief auf. Jetzt wusste sie, wie sie ans Ziel gelangen konnte. Und der Bronzeschmied würde ausrichten, worum sie ihn gebeten hatte.

Sie würde Camos finden.

Er würde ihr helfen. Er musste ihr helfen.

Mit ihm würde sie zum Dorf zurückkehren. Mit ihm würde sie Litos retten. Sie musste keine Angst mehr haben. Sie musste sich nur beeilen.

Mit festen Schritten schlug sie den Weg zum Fluss ein.

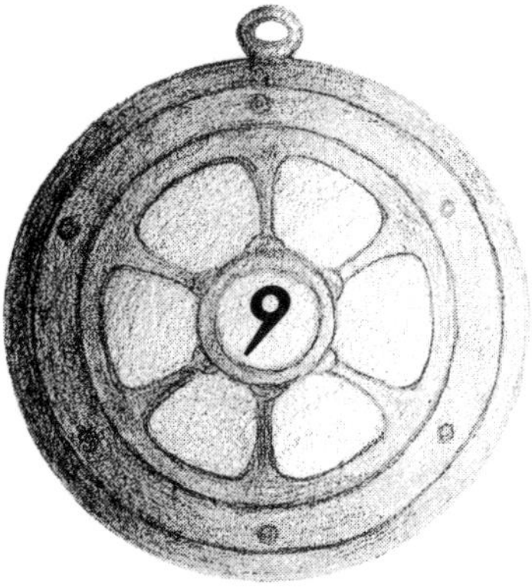

Da war sie, die Herbrosburg.

Plötzlich war alle Müdigkeit verflogen.

Tage war Mara unterwegs gewesen, erst zu Fuß Richtung Norden, bis sie auf den Fluss gestoßen war. Dort hatte sie nach vielen Fragen zwei Flößer gefunden, die den Weg zur Herbrosburg kannten und sie – gegen Bezahlung mit einem Bronzering – ein weites Stück mit dem Floß stromabwärts nach Nordosten mitnahmen. An der richtigen Stelle hatten die Flößer sie heute Morgen an Land wieder abgesetzt und ihr den Weg erklärt, auf dem sie weiter zur Herbrosburg wandern konnte.

Den ganzen Tag war sie gelaufen. Anstrengend war es gewesen auf dem schattenlosen Pfad entlang dem sich schier endlos dehnenden Sumpf der Flussniederung und auf dem Weg durch den Wald. Fast hatte sie gefürchtet, es heute nicht mehr zu bewältigen. Aber nun war es geschafft.

Sie schloss die Augen und öffnete sie wieder, nahm noch

einmal das Bild in sich auf. Zu Füßen des steil in die Tiefe fallenden Abbruchs der Ebene, an deren Rand sie gelangt war, lag das schmale Tal. Helle Felsen leuchteten auf den Abhängen zu ihrer Rechten in der Abendsonne. Ein Flüsschen schlängelte sich durch den Grund und folgte mit seinem Lauf dem gegenüberliegenden ins Tal hervorspringenden unbewaldeten Berg. Dieser erhob sich aus dem Bogen, den der Wasserlauf zog. Auch seinen Steilhang schmückten Felsen, auf seiner Höhe aber sah Mara eine Burganlage von ungeheurer Wehrhaftigkeit. Eine hohe Steinmauer mit Wehrgang, zwei mächtigen Türmen und vorgelagertem Graben riegelte den schmalen Ausläufer der Bergzunge von der sich verbreiternden Hochfläche ab, eine Palisade führte an der Steilkante des Berges entlang, eine Holz-Erde-Mauer mit Graben trennte die Burg von dem vordersten, zur Biegung des Flüsschens nur noch langsam und stetig abfallenden Sporn des Berges. Von den Häusern der Burg konnte Mara nicht mehr sehen als Giebelspitzen und die Firste schilfgedeckter Dächer.

Die Herbrosburg.

Hier würde sie Camos treffen. Endlich.

Sie lief weiter – jetzt würde sie für Litos Hilfe gewinnen können –, rannte den Abhang hinunter, erreichte den kleinen Fluss, ließ sich vom Fährmann übersetzen, stieg rasch auf einem gewundenen Pfad den steilen Berg hinauf, erreichte oben den Fahrweg, der auf einer Holzbrücke den breiten, tiefen Graben überquerte. Sie ging auf das Tor in der gewaltigen, wohl acht Schritt senkrecht in die Höhe emporsteigenden, durch Holzbalken unterbrochenen Steinmauer zu, blickte zum hölzernen Wehrgang empor, legte sich zum unzähligsten Male die Worte zurecht, mit denen sie in der Burg um Einlass bitten würde.

Daran, was sie Camos sagen würde, konnte sie auf einmal nicht mehr denken.

Das Tor stand offen, gewährte einen Blick in den Tortunnel, der die ungeheure Stärke des Bollwerks erkennen ließ. Ein mit einer Lanze bewaffneter Mann bewachte den Zugang. Ein großer, ärmlich aussehender Junge striegelte ein neben dem Tor angebundenes Pferd, sah neugierig zu ihr herüber.

Sie grüßte, dann blickte sie zu Boden, sagte: »Ich bin Maros, der Knappe von Camos. Mein Herr hat gesagt, ich soll zur Herbrosburg kommen und mich hier bei ihm melden!« Sie konnte dem Mann nicht in die Augen sehen. Ihr war, als würde er daran erkennen, dass sie nicht die Wahrheit sagte.

»Komm mit!«, war alles, was er erwiderte.

Sie war am Ziel!

Ganz flau war ihr auf einmal.

Er führte sie an einigen einfachen Hütten vorbei über einen großen Platz. Schweine wühlten in den Abfällen und liefen zwischen Kindern herum, die laut schreiend Fangen spielten. Ein Mann schabte eine auf ein Gestell gespannte Kalbshaut mit seinem Messer ab, ließ es sinken und sah hinter ihr her. Ein anderer flocht aus Weidenzweigen einen Korb und rief ihr irgendetwas zu. Zwei reich gekleidete Jungen fochten mit Stöcken, als würden sie Schwerter schwingen.

Mädchen schleppten Wasser, Frauen kochten an einer Feuerstelle, zwei Männer bauten einen Karren …

Mara bemerkte nichts von alledem. Irgendwo hier war Camos. Gleich würde sie ihn sehen. Gleich würde sie ihn sprechen.

Vielleicht hätte sie sich doch besser überlegen sollen, was sie ihm sagen könnte? Wenn er nun nicht verstand, was sie verschweigen musste, weil es mit dem Fluch belegt war? Hätte sie noch ein wenig Zeit, könnte sie noch einen Augenblick nachdenken! Ihr Kopf war so leer.

Er musste es verstehen. Er musste einfach!

Sie schrak zusammen, als ein Hund sie laut bellend anfiel.

Der Mann wehrte ihn mit einem Fußtritt ab und schob sie durch die offene Tür eines großen lehmverputzten Flechtwerkhauses.

Mara blieb im Eingang stehen, sah sich unsicher um. Das Haus hatte einen einzigen Raum, größer als der Wohnraum ihres Onkels. Dämmrig war das Haus und von Rauchschwaden durchzogen. Ihre noch ans Sonnenlicht gewöhnten Augen konnten keine Einzelheiten erkennen. Mara bemerkte nur die Bewegung im dunkelsten Teil des Raumes. Dort, wo unter dem eingezogenen Zwischenboden kaum Licht von der Tür oder der Giebelöffnung hindrang, sah sie die Gestalt eines Mannes, der sich von einer Bank erhob.

Camos?

Was sollte sie bloß sagen?

Hinter sich hörte sie die Stimme des Torhüters: »Herr, dieser Junge hier heißt Maros, er ist soeben in die Burg gekommen. Er sagt, er sei der Knappe von Camos. Was soll ich …?«

»Geh auf deinen Posten zurück!«, befahl der Mann aus dem Dunkel. »Und du, Maros, komm her zu mir!«

Es war nicht Camos. Sie rührte sich nicht.

»Ich habe gesagt, du sollst herkommen!«

Etwas war in dieser Stimme, was sie gehorchen ließ. Sie machte ein paar Schritte vorwärts. Jetzt konnte sie den Mann besser erkennen, sah sein Schwert, seine Armreifen, seinen breiten Gürtel. Vor allem aber sah sie seine befehlsgewohnte Haltung.

Ein Herr. Der Herr der Herbrosburg!

Unwillkürlich suchte sie ihren langen Rock zu fassen, um in einem tiefen Knicks vor ihm zu versinken, erschrak: Sie hielt den Saum von Veltos' Kittel in der Hand. Fast hätte sie vergessen, dass sie ein Junge war! Ungeschickt verbeugte sie sich, sah ängstlich zu dem Herrn auf. Sein Gesicht lag im Dunkel.

»Camos hat nicht gesagt, dass er seinen Knappen erwartet!«

Sie schwieg. Sie konnte nicht antworten.

Camos war nicht da.

Oder vielleicht doch? Vielleicht war er nur in einem anderen Haus? Oder ausgeritten?

Und im nächsten Augenblick stand er in der Tür!

So musste es sein.

»Was hat Camos dir befohlen?«, fragte der Herr ungeduldig.

»Er …« Sie stockte. Dann sprach sie sehr rasch weiter: »Ich soll ihm zur Herbrosburg nachkommen. Er hat mich zurückgelassen, weil ich krank war, weil …« Ihr fiel plötzlich keine geeignete Krankheit ein, Panik stieg in ihr auf, doch dann kam ihr der rettende Gedanke: »Weil ich Fieber hatte von einem eiternden Zahn. Er wollte Euch aufsuchen, hat er gesagt.«

»Das hat er auch getan. Aber er ist noch am selben Tag weitergeritten! Was fällt dir ein! Du heulst doch nicht etwa! Du solltest dich schämen. Hat Camos dir nicht beigebracht, dass ein Knappe seine Gefühle beherrschen muss?!«

Sie konnte nicht anders. Die Tränen liefen einfach die Wangen hinunter.

»Reiß dich zusammen!«, sagte der Herr scharf.

Sie wischte die Tränen mit dem Ärmel ihres Kittels ab.

Der Herr machte einige Schritte im Raum hin und her, dann blieb er dicht vor ihr stehen, sagte mit etwas freundlicherer Stimme: »Camos wäre gewiss länger bei mir zu Gast geblieben, wenn hier nicht solche Nachricht auf ihn gewartet hätte. Du wirst es noch nicht wissen. Camos' Vetter ist gestorben. Nun ist Camos der Herr der Callmosburg. Und nicht nur das: Der berüchtigte Burgherr Hessos nimmt die Gelegenheit wahr zu ausgedehnten Raubzügen in das Gebiet von Camos. Sogar auf die Callmosburg befürchtet Camos einen Überfall. Deshalb hat er sich trotz seiner Verwundung keine Ruhe gegönnt und sofort den Heimweg angetreten.«

Der Herr der Callmosburg! Camos?

Sie hatte nicht geahnt, dass er ein so hoher Herr war. Überfälle auf sein Gebiet, Bedrohung seiner Burg. Nie hatte sie daran gedacht, dass Aufgaben auf ihn warteten! Und sie hatte gehofft, er würde …

Plötzlich war alles so sinnlos. So aberwitzig.

Und wie sollte sie je zur Callmosburg gelangen?

Wäre sie nur daheim.

Der Burgherr sprach weiter: »Die Händler, die Camos hier erwartet und ihm die Nachricht überbracht haben, machen sich morgen auf die Rückreise. Ich werde veranlassen, dass sie dich zur Callmosburg mitnehmen. Morgen in aller Frühe.« Dann rief er laut: »Imma!«

Eine Magd erschien in der Tür. Er befahl: »Bewirte diesen Knappen! Und zeig ihm eine Schlafstelle!«

»Komm!«, nickte die Frau Mara zu.

Mara folgte ihr benommen, ließ sich in eine Hütte führen, nahm an der Feuerstelle Platz, wie die Magd es ihr sagte, löffelte willenlos den Brei aus der Schale, die ihr in die Hand gedrückt wurde. Vorhin noch hatte sie Hunger gehabt.

Jetzt schmeckte es ihr nicht.

Sie stellte die noch halb volle Schale weg.

Camos, ein Burgherr, der Krieg führte. Wie sollte er da mit ihr nach Hause kommen? Wie sollte er da Zeit für sie haben? Am besten, sie kehrte um, nach Hause. Zu ihrer Mutter.

Zu Litos!

Sie presste die Lippen zusammen.

Litos. Wenn er lachte, strahlte sein ganzes Gesicht. Er war so ahnungslos. Und im Herbst würde er …

Sie durfte nicht umkehren. Wenn sie jetzt umkehrte, war alles umsonst gewesen.

Wie weit mochte es zur Callmosburg sein?

Sie vergrub das Gesicht in den Händen.

Die Händler würden sie mitnehmen. Morgen.

So fremd war ihr Camos plötzlich.

Zögernd ging sie auf den Hof, über den großen Platz, auf das Tor zu.

Das Tor war verschlossen. Mit einem Riegel und einem mächtigen Balken gesichert.

Warum stand sie hier?

»Nach Torschluss kommst du hier nicht mehr heraus, wenn nicht der Burgherr dir öffnen lässt!«, sagte eine Stimme hinter ihr.

Ihr Herz schlug wild. Eine weiche, dunkle Stimme. Nicht so tief, aber mit genau jenem Tonfall … Jenem Tonfall, den nur die Stimme von Camos hatte.

Sie fuhr herum. Ein magerer großer Junge in einem schäbigen, von einer Bastschnur gehaltenen Kittel stand neben ihr.

Der Junge, der vorhin das Pferd gestriegelt hatte.

»Du, du sprichst wie Camos!«, stotterte sie verwirrt.

Er lachte. »Ich komme ja auch aus der Callmosburg!«

Er sah an ihr hinauf und hinunter. Sein Blick heftete sich auf ihr Bronzemesser. »Du bist sein Knappe, habe ich gehört. Und ab morgen wirst du mit uns reisen.« Er machte eine spielerische Verbeugung. »Es wird mir eine Ehre sein, für den Knappen des edlen Camos den Einbaum zu staken. Ianos ist mein Name. Ganz dein Diener!«

»Gehörst du zu den Händlern?«, fragte sie.

Er grinste. »Nun, sagen wir, ich bin der, der die Arbeiten machen muss, die keiner machen will. Und der einen Fußtritt erhält, wenn etwas schiefgeht!«

Sie wusste nicht, was sie darauf sagen sollte. Und sie wollte allein sein.

Mit einem kurzen Nicken drehte sie sich um und ging langsam und blicklos weiter, die Palisadenwand entlang.

Sie stieß mit etwas zusammen. Ein Schwein! Sie wich aus, machte ein paar Schritte – da hörte sie hinter sich einen unterdrückten Aufschrei.

Sie drehte sich um. Sah den Jungen, diesen Ianos, wie er sich vor Schmerzen krümmte unter dem unbarmherzigen Griff, mit dem ein Mann ihm den Arm auf dem Rücken verdrehte. Sah das zornige Gesicht dieses Mannes, hörte seine drohende Stimme: »Also doch! Ich habe schon immer den Verdacht gehabt, dass du klaust! Aber jetzt bist du zu weit gegangen! Den Knappen von Camos zu bestehlen!« Er verdrehte den Arm des Jungen noch fester. Ianos stöhnte.

»Ja, stöhn du nur! Gleich wirst du schreien, das versprech ich dir! Dafür werd ich sorgen!«

Ohne Ianos loszulassen bückte sich der Mann und hob etwas vom schlammigen Boden auf, hielt es Mara hin. Fassungslos sah sie darauf. Ihr Messer! Das Messer von Onkel Vicos! Unwillkürlich griff sie an ihren Gürtel. Tatsächlich, dort fehlte es.

»Ich habe gesehen, dass er es dir gestohlen hat«, erklärte der Mann. »Hier, nimm es wieder! Ihn zu bestrafen kannst du ruhig mir überlassen. Wenn ich mit dem fertig bin, wird er kaum mehr wiederzuerkennen sein! Der bestiehlt dich nicht noch einmal, darauf kannst du dich verlassen!«

Sie starrte auf Ianos. Aus tränenerfüllten Augen flehte er sie stumm an. Dann stieß er keuchend hervor: »Sag es ihm doch endlich, Maros. Sag ihm, dass er mich loslassen soll! Dass es nur eine Wette war!«

»Was sagst du da?«, schrie der Mann, ließ ihn los und gab ihm einen Stoß, dass er hinfiel. »Was für eine Wette? Wenn das wieder eine von deinen Ausreden ist …!«

»Nein, wirklich«, beteuerte Ianos und stand mühsam vom Boden auf, hielt sich seinen Arm. »Maros hat gewettet, dass ich es nicht schaffe, ihm sein Messer aus dem Gürtel zu ziehen, ohne dass er es merkt! Nun sag es doch, Maros!«

Noch nie hatte ein Mensch sie mit so verzweifeltem Bitten angesehen wie dieser Ianos. Und neben ihm stand dieser Mann und schaute so finster. Schreckliches musste Ianos bevorstehen, wenn sie ihn verriet.

Es geschah ihm recht! Ihr Messer zu stehlen! Und diese Unverfrorenheit, zu erwarten, dass sie ihn auch noch in Schutz nehmen würde!

»Maros!«, sagte der Junge leise. Mit dem Tonfall von Camos.

Sie nickte. »Ja, es ist wahr. Ich wollte es nicht glauben. Es ist ja auch kaum zu glauben. Lass ihn los! Er hat mir nichts gestohlen.«

Sie steckte das Messer in die Scheide zurück. Fast stimmte es ja. Sie hatte schließlich das Messer wieder. Und eigentlich gehörte es ihr sowieso nicht.

Und wie oft hatte sie in den letzten Tagen gelogen!

Sie lächelte dem Mann zu. »Entschuldige«, sagte sie. »Und hab Dank, dass du mein Eigentum so verteidigt hast!«

Der Mann warf einen verärgerten, misstrauischen Blick von ihr zu Ianos, schien noch etwas sagen zu wollen, doch dann zuckte er die Schultern, brummte etwas Unverständliches, drehte sich um und ging.

»Danke!«, sagte Ianos leise.

Sie sah ihn an und schüttelte langsam den Kopf. Sie konnte es noch nicht fassen. Weder was dieser Ianos getan, noch dass sie ihm geholfen hatte.

Mara zog die Kalbshaut um ihre Schultern enger, hielt sie mit einer Hand über den Knien zusammen. Der Regen strömte stetig und stark herab, tropfte ihr von dem dicht aus Binsen geflochtenen Hut in den Nacken. Beides, Hut und Kalbshaut, hatte ihr der Händler gegeben, aber trotzdem war ihre Kleidung feucht und ließ sie frösteln.

Den dritten Tag war Mara nun schon – von gelegentlichen Pausen abgesehen – auf dem Wasser mit dem Händler und seinen Gehilfen unterwegs, reiste mit ihnen von der Herbrosburg zur Callmosburg. Zunächst waren sie auf dem kleinen Flüsschen gefahren, das die Herbrosburg umspülte. Dann hatten sie den Fluss erreicht, in den es mündete, fuhren nun stromabwärts denselben Fluss weiter, auf dessen Oberlauf Mara bei ihrem Weg zur Herbrosburg von den Flößern mitgenommen worden war.

Mara schaute ins Wasser. Grau spiegelte es die schweren Wolken wider, die über ihnen hingen. Der Regen kräuselte die

Oberfläche. Ohne Unterlass regnete es nun schon seit mehr als zwei Tagen. Seit der Nacht in der Herbrosburg, als mit einem gewaltigen Wolkenbruch das Wetter umgeschlagen war.

Da öffnete der Himmel seine Schleusen und Wasser in verheerenden Strömen goss auf die Erde herab. In braunen Fluten wurden die Früchte der Felder hinweggerissen, das Vieh und die Häuser …

Mara ballte die kalten Hände zu Fäusten.

Träge glitt der Einbaum dahin. Zu träge.

Könnte sie etwas tun, damit es schneller ging, etwas, um die Ungeduld zu bekämpfen, die Unruhe! Aber von ihr als Camos' Knappen wurde erwartet, dass sie sich nicht am Staken des Bootes beteiligte – und außerdem fürchtete sie, sich ungeschickt dabei anzustellen und sich so zu verraten. Deshalb blieb ihr nichts übrig, als auf der kleinen Bank im Heck des schmalen Bootes zu sitzen und zuzusehen, wie Ianos und der Händler mit langen Stangen das Boot voranstakten.

Wären sie nur endlich in der Callmosburg! Könnte sie nur endlich mit Camos reden! Dieses Warten, es wurde immer schwerer.

Kleine Wellen schlugen leise gegen die Bootswand. Da war plötzlich das Bild wieder da, das Bild aus ihrem Traum: die Wellen, die gegen die Palisade brandeten, höher und höher, und nach Litos griffen, der am Steg stand und schrie, einen Ausdruck unaussprechlicher Angst auf dem Gesicht.

Mara stieß heftig mit der Hand ins Wasser. Sie wollte dieses Bild vertreiben. Lieber an Camos denken: Camos auf dem

Floß, Camos auf dem Ehrenplatz am Feuer, Camos beim Erzählen der Geschichte. Sie versuchte sich seine Augen vorzustellen, sein Lächeln, seine Stimme.

Es ging nicht. Sosehr sie sich bemühte, es gelang nicht.

Camos war ein Burgherr geworden. Einer der reichsten und mächtigsten Herren.

Aber es war doch noch immer der Camos, den sie kannte, der die Geschichten wusste und ein Freund ihres Vaters gewesen war! Der Camos, der ihr helfen würde, einfach helfen musste!

Sie beugte sich vor, griff nach dem hölzernen Gefäß, schöpfte die Pfütze weg, die sich zwischen den Körben voller Waren am Boden gesammelt hatte. Stärker gewölbt war dieser Einbaum als die flachen Einbäume daheim auf dem See, und viel länger. Der längste der drei Einbäume war es, mit denen der Händler und seine Gehilfen zur Callmosburg unterwegs waren, und als Einziger wurde er von zwei Personen gestakt.

Mara legte das Schöpfgerät beiseite und beobachtete Ianos. Es war besser, Ianos zu beobachten, als sich den Gedanken zu überlassen.

Ianos stand dicht vor ihr im Boot, hatte ihr den Rücken zugewandt, stakte mit der Stange. Er stieß sie bis zum Grund ins Wasser und drückte kräftig ab. Ianos drehte sich nach ihr um. Schnell wandte sie den Kopf weg, schaute angestrengt zum rechten Ufer hinüber. Es war schwer, das eigentliche Ufer zu erkennen. In vielen Verästelungen zog der Fluss dahin, umfloss Kiesbänke und kleine Inseln. Die Zweige von aus dem Wasser ragenden Büschen verrieten, wo der Fluss niedrige

Inseln überschwemmt hatte. Altwasser standen als tote Arme und versumpfende Tümpel. Dort drüben, zwischen den prächtigen Weiden, schien ein Flüsschen einzumünden, sich durch den Sumpf heranzuschlängeln. Und danach, in der Biegung, die der große Fluss umschrieb, erhob sich steil ansteigend ein lang gestreckter niedriger Bergrücken. Undeutlich sah sie durch den Regenschleier auf dem vorderen Teil seiner Höhe eine Mauer, Wehrtürme.

»Weißt du, was das ist, Maros?«, fragte der Händler und wies mit der Stange auf den Berg.

Sie schüttelte fragend den Kopf.

Er zog die Stange ins Boot, stützte sich darauf, während Ianos den Einbaum allein vorantrieb, sah lange schweigend nach vorne, dem Berg entgegen. »Man sieht den Rauch nicht bei dem Regen«, murmelte er schließlich. »Kein gutes Vorzeichen, wenn man den Rauch nicht sieht.« Er wiegte besorgt den Kopf.

»Welchen Rauch?«, fragte Mara.

»Man merkt, dass du von weit her aus dem Süden kommst! Jeder hier weiß um den Heiligen Berg und sein ewiges Feuer.«

»Den – Heiligen Berg?«

»Den Heiligen Berg. Seine Erde ist getränkt vom Blut unzählbarer Opfertiere und auf einer Fläche von vielen Schritten ist die heilige Stätte bedeckt von der Asche der Opferfeuer und den Scherben der Opfergefäße. Mehrmals im Jahr werden die großen Opferfeiern dort oben abgehalten. Doch immer, ohne Unterlass, brennt das heilige Feuer, gehütet von den Neun.«

»Neun?«, fragte Mara verständnislos.

Nun wurde er ärgerlich. »Wie kann man so unwissend sein! Als Knappe von Camos! Die dem lichten Gott dienenden neun Frauen hüten das Feuer, das nie verlöschen darf. Und sie hüten viele Geheimnisse. Weise sind sie, doch dem Unwissenden bleibt ihr Wissen dunkel. Ich kann mich nicht vermessen über sie zu sprechen, doch eines weiß ich: Von weit her kommen Mächtige, um sich hier Rat und Weisung zu holen. Doch wehe dem Unwürdigen, der sich ihnen unbefugt nähert! Keine Lanze und kein Schwert, keine wilden Eber oder wütenden Auerochsen würde ich fürchten wie ihren Fluch! Und nun schweig! Wir sind heran! Richte dein Gebet an den Gott dieses Berges! Keiner soll an diesem Berg vorbeiziehen, ohne zu beten!«

Der Händler und Ianos knieten im Boot nieder und hoben die Arme zum Gebet. Mara tat es ihnen gleich. Ihr fielen keine Worte ein. Aber sie spürte, wie irgendetwas in ihr sich zu einem stummen Flehen zusammenzog und auf diesen Berg richtete.

Gedankenfetzen und Bilder schossen durch ihren Kopf: Das heilige Feuer – das Feuer beim Opferfest – der Sturm hatte es über die Wiesen getrieben – es war erloschen – der heilige Gott hatte das Opfer verschmäht – Litos – Onkel Vicos – die Geister der Tiefe – der Schlamm im Wassergraben – das äußerste Opfer …

Nein! Das nicht, du Gott dieses Berges, das nicht!

Der Händler erhob sich und machte Ianos ein Zeichen. Beide griffen wieder zu den Stangen. Das Boot glitt gleichmäßig vorwärts, getragen von der Strömung des Flusses.

Keiner sprach.

Am Abend rief der Händler zu seinen Gehilfen mit den beiden anderen Einbäumen hinüber und steuerte mit ihnen einen Landesteg in der Nähe eines Dorfes an. Die Anlegestelle ragte nur knapp aus dem Wasser, denn hier wie überall war der Fluss über seine Ufer getreten.

Mara schauderte. Seit Tagen bot sich ihr das gleiche Bild: Die Wasser stiegen.

Camos! Plötzlich wusste sie, was er gemeint hatte, damals, als er von der Dorfinsel zum Ufer gesehen und so betroffen gesagt hatte: »Also auch hier! Wo man hinkommt, die Zeichen.«

Auch Camos machte sich Sorgen ...

Also musste er es doch verstehen, musste doch helfen!

Ianos sprang auf den Steg, zog das Boot am Strick heran, band es fest. Nun hielt er Mara die Hand hin, um ihr beim Aussteigen zu helfen. Sie nahm sie nicht, stieg aus, ohne ihn anzusehen. Dann fiel ihr der Beutel ein, den sie im Boot vergessen hatte. Sie wandte sich zurück, um ihn zu holen, sah, wie Ianos sich gerade danach bückte.

»Lass deine Finger von meinen Sachen!«, fauchte sie ihn an.

Er wurde rot. »Ich wollte ihn dir doch nur geben«, murmelte er.

Sie riss den Beutel an sich, lief auf dem Weg zum Dorf.

Der Händler fand Aufnahme für sie alle in einem Bauerngehöft. Sie warfen die nassen Umhänge zum Trocknen über die Dachbalken und setzten sich möglichst nahe an die Feuerstelle. Die Hausfrau brach jedem ein Stück Fladenbrot ab. Die Schüssel Gerstenbrei ließ sie herumgehen, sodass jeder sein Brot eintunken konnte.

Mara aß mit Heißhunger. Schon hatte sie ihren Brocken aufgegessen. Da teilte Ianos den Rest von seinem und hielt ihr die Hälfte hin.

Mara nahm sie nicht.

Er sollte ruhig merken, dass sie nichts mit ihm zu tun haben wollte! Er sollte bloß nicht glauben, sie habe vergessen, dass er sie bestohlen hatte! Und vor allem sollte er sich nicht einbilden, dass sie mit ihm verschworen sei, nur weil sie ihn nicht verraten hatte, ohne selbst zu wissen warum!

Finster starrte sie ihn an, bis er die Augen niederschlug.

Das Bauernehepaar räumte ihnen seine in der Hausecke eingerichtete Lagerstatt ein, die es gewöhnlich mit dem jüngsten Kind teilte, und schlief mit den Kindern und anderen Familienangehörigen oben auf dem Zwischenboden. Der Händler und seine drei Gehilfen zwängten sich mit Mara auf das Lager.

Zwei Baumstämme bildeten einen Winkel und begrenzten so eine Fläche in der Ecke, die mit Binsen und Laubstreu gefüllt und mit einem grob gewebten Leinentuch bedeckt war. Mara lag ganz an der Wand.

Das grobe Tuch kratzte. Die Mutter webte viel feinere Stoffe.

Einen richtigen Bettkasten hatten sie daheim, mit Moos weich gepolstert, und ein mit Federn gefülltes Kissen, in dem sich das Gesicht vergraben ließ. Und ihre Felldecke …

Hier konnte sie sich nur mit ihrem noch immer feuchten Mantel zudecken. Binsen stachen sie in den Nacken.

Ianos lag neben ihr, dann die Männer. »Rückt weiter, sonst fall ich runter!«, beschwerte sich der Händler, der den Platz am Rand hatte. Ianos rutschte näher zu Mara. Seine Schulter drückte gegen ihre.

Mara drehte sich zur Wand, presste sich eng an das Lehmwerk. Jetzt lag sie nicht mehr auf dem Tuch, sondern unmittelbar auf der Laubstreu. Trotzdem war es ihr so lieber.

Das Laub roch nach Herbst.

Herbst. Der Herbst begann mit der Tagundnachtgleiche. Mit dem Tag, an dem Litos …

Sie krallte die Finger in ihren Mantel und wehrte sich mit aller Kraft gegen die Gedanken. Lautlos sprach sie zu sich selbst: »Dafür, dass das nicht geschieht, bin ich schließlich hier. Um Camos zu holen. Bei Camos werde ich ein weiches Bett bekommen. Und wenn Camos mit mir nach Hause reitet, werden wir bei den vornehmsten Herren zu Gast sein. Was ich alles kennenlernen werde! Ich werde Camos bedienen. Ich werde zuhören, wenn er spricht. Alles werde ich mir merken. So vieles werde ich erfahren! Endlich. Ob ich reiten kann? Bestimmt kann ich es lernen. Er wird es mir beibringen. Dann reite ich an seiner Seite, wie sein Knappe …«

Der Händler schnarchte. Fast klang es, als würde man mit der Bronzesäge einen Baumstamm zersägen. Eine alte Frau oben auf dem Zwischenboden hustete. Ein kleines Kind weinte. Erschreckt brach es ab, als der Bauer es mit böser Stimme anfuhr: »Sei ruhig, sonst …!«

Der Ellbogen von Ianos bohrte sich in Maras Rücken. Sie stieß ihn zurück.

Wie sollte man Schlaf finden in einer solchen Nacht?

Irgendwann schlief sie doch ein.

Sie träumte:

Sie ritt auf dem Dammweg durch das Moor. Leicht und sicher saß sie im Sattel, die Mähne des braunen Pferdes wehte im Wind.

Neben ihr ritt Camos auf einem schwarzen Hengst, hielt eine Lanze in der Hand. Die Sonne ließ die Bronze funkeln. Wie Gold glänzten der Knauf seines Schwertes, die Bronzenieten seines weiten Ledermantels, seine Armreifen, sein Schild und die großen runden Schmuckscheiben, mit denen das Pferdegeschirr behängt war.

Plötzlich ritt Camos schneller. Sie versuchte ihr Pferd anzutreiben, aber sie wusste nicht, wie sie es machen musste. Sie blieb immer weiter zurück. »Camos!«, rief sie. »Wartet doch, Herr!« Er hörte sie nicht. Er sprengte davon, hob sein Schwert zum Hieb, ritt genau auf die Reiter zu, die am Ende des Weges aufgetaucht waren, viele Reiter mit Pfeil und Bogen und mit Lanzen, die drohend auf Camos gerichtet waren.

Auf einmal war ihr Pferd weg und sie war mit Litos allein im Moor. Litos rannte vor ihr her. Sie sah die braunen Tümpel zwischen den Flechten. »Litos«, schrie sie, »bleib stehen, das Moor, es trägt dich nicht!« Er drehte sich um und lachte, machte rückwärts einige Schritte weg von ihr. Da sank er ein. Schon steckte er bis zu den Knien im Moor, bis zu den Hüften, zum Hals. »Litos!«, schrie sie und rannte zu ihm, streckte die Hände nach ihm aus. Er war weg. Dunkle Blasen warf das Moorwasser an der Stelle, an der er versunken war.

Der Boden unter ihren Füßen gab nach. Tiefer und tiefer wurde sie von einer gewaltigen Macht hinabgezogen.

Entsetzt schreckte sie auf, tastete um sich. Sie fühlte die kühle Wand, Laub und Binsen, das grobe Tuch. Sie versank nicht im Moor. Ihr fiel wieder ein, wo sie war. Dennoch klopfte ihr Herz noch immer laut und wild. Sie tastete weiter, fand den Arm von Ianos, rückte näher zu ihm. Jetzt war sie nicht mehr ganz so allein.

Den Kopf an seiner Schulter, wurde sie langsam wieder ruhig.

Die Weiterfahrt am nächsten Tag verlief gleichförmig und schweigsam.

Einen weiteren Tag später hatte sich das Wetter gebessert. Es regnete nicht mehr und hin und wieder brach die Sonne durch die Wolken. Rechts und links des Flusses ragten jetzt hohe Felswände zum Himmel und engten den Fluss ein. »Schön sieht das aus!«, sagte Mara aufseufzend. »So wie hier müsste es überall sein!«

»Schön!«, wiederholte der Händler erbittert und warf ihr einen verachtungsvollen Blick zu. Dann wandte er wieder seine gespannte Aufmerksamkeit den Felswänden zu, ließ sie nicht aus den Augen, während er mit Ianos aus Leibeskräften den Einbaum vorantrieb.

Mara verstand nicht, was den Händler so erboste, aber sie spürte seine Unruhe. Oder war es Angst?

»Was hat er?«, fragte sie leise Ianos. Eigentlich hatte sie sich geschworen, den Jungen niemals anzusprechen, aber sie musste einfach wissen, was hier vor sich ging.

Ianos streifte sie mit einem überraschten Blick, dann flüsterte er kaum hörbar: »Dort in der Felswand sind Höhlen. Es heißt, dass sich da oft eine Räuberbande aufhält und die Boote überfällt, die hier vorbeikommen. Schon manches Boot, das hier durchfuhr, ist mit seinen Insassen auf Nimmerwiedersehen verschwunden!«

Nun erschien auch Mara die Zeit endlos. Bewegte sich dort vorne nicht etwas?

Würden sie mit Felsbrocken aus der Höhe werfen? Mit Pfeilen schießen? Oder ein Seil über den Fluss spannen und sich den Booten nähern?

Sollte sie den weiten Weg bis hierher nur zurückgelegt haben, um nun fern der Heimat Räubern in die Hände zu fallen?

Ein Geräusch von der Felswand zu ihrer Rechten ließ sie zusammenzucken. Unwillkürlich stieß sie einen leisen erschreckten Laut aus. Ianos drehte sich zu ihr um, schüttelte den Kopf und flüsterte: »Es ist nichts, nur ein Adler!«

Sie war froh, dass er mit ihr sprach.

Endlich hatten sie die Flussenge hinter sich gebracht, das Ufer weitete sich wieder. Dennoch blieb sie angespannt, bis sie die Dächer eines Dorfes auftauchen sah.

Der Fluss durchzog nun ein weites, von Bergen umgrenztes Tal, dehnte sich zu behäbiger Breite aus, bildete Seitenarme und Altwasser. Von der linken Seite her mündete aus einem sich in der Ferne verengenden Tal ein anderer Fluss ein. Dorthin lenkte der Händler das Boot. Gegen die Strömung ging es langsam voran.

Ungeduld erfasste Mara. Gegen die Strömung! Da wäre sie zu Fuß viel schneller!

»Müssen wir lange diesen Fluss hinauffahren?«, fragte sie.

Der Händler verneinte: »Wir machen nur einen kleinen Abstecher zur nächsten Siedlung. Ich habe den Auftrag von Camos, hier ein Geschenk zu überbringen und einige Waren für ihn einzutauschen. Danach geht unsere Fahrt noch eine gute Strecke den großen Fluss hinab!«

Sie legten am Ufer an. Der Händler bestimmte die beiden Männer, bei den Booten Wache zu halten, lud Ianos einen Korb auf den Rücken und nahm sich selbst einen zweiten. »Komm mit, wenn du willst!«, sagte er zu Mara.

Sie gingen über die Ebene auf einige verstreut liegende Gehöfte zu, betraten einen großen Hof und machten vor dem Haus halt.

Ianos setzte den Korb ab, stöhnte leise und rieb sich die Schulter.

»Ihr wartet hier!«, befahl der Händler und ging allein in das Haus.

Eine Frau trat zu ihnen und fragte, woher sie kämen, reichte ihnen starkes süßes Bier. Mara wagte nicht, es abzulehnen, schluckte es mit Widerwillen hinunter.

Taros und Veltos behaupteten immer, Bier schmecke gut.

Ein nackter kleiner Junge starrte sie an und bohrte dabei selbstvergessen in der Nase, ein größerer Junge trieb Ziegen über den Hof und schaute von fern zu ihnen herüber. Sonst kümmerte sich niemand um sie.

Mara ließ sich neben Ianos auf dem mit Rindenstücken bestreuten Boden nieder und lehnte sich an die Wand.

Der Händler blieb lange im Haus.

Ianos hatte die Beine angezogen und spielte mit seinen bloßen Zehen.

Sie schwiegen noch immer.

Ein Hund kam heran, nicht wachsam und angriffslustig, sondern neugierig und zutraulich. Nachdem er sie beide ausgiebig beschnuppert hatte, ließ er sich von Ianos streicheln, legte sich nieder, schlug mit dem Schwanz auf den Boden.

Ianos sprach leise zu dem Hund, mit jenem Tonfall, dunkel und weich, der so sehr an Camos erinnerte. Mara schloss die Augen und hörte ihm zu. Wenn diese Stimme nur ein wenig tiefer wäre …

Ianos hörte auf zu sprechen.

Schade.

Der Fluss dehnte sich wie ein See. Hie und da durchbrachen kleine, mit Weidengebüsch und Erlen bewachsene Inseln die weite Wasserfläche. Schwärme von Mücken stiegen aus dem Sumpf im Süden und stürzten sich auf die Bootsfahrer. Mara schlug heftig um sich und suchte dabei mit den Augen den Fluss ab. Sie hatte Schwierigkeiten zu erkennen, wohin sein Lauf weiterführte. Endlich begriff sie, dass sie an der Einmündung eines weiteren, von links her kommenden Flusses angelangt waren.

»Wo müssen wir hin?«, fragte sie Ianos.

»Dort hinauf!«, erwiderte er und zeigte zu dem einmündenden Fluss, »nach Norden.«

»Ist es noch weit?«

Er zuckte die Achseln: »So sehr weit nicht mehr. Aber gegen die Strömung! Das kostet Kraft und Zeit!«

Der Händler steuerte eine Kiesbank am Ufer an. »Wir gehen hier an Land«, erklärte er. »Camos hat mir befohlen, ihm auf dem schnellsten Weg die Waffen und Schmuckstücke zu bringen, die ich für ihn abholen sollte. Von hier an führt der schnellste Weg auf dem Land. Heute Abend bin ich in der Callmosburg. Ianos, du gehst mit mir, ich brauche einen Träger!« Dann rief er zu den Gehilfen in den beiden anderen Einbäumen hinüber: »Legt an! Übernehmt auch mein Boot! Holt euch Männer, so viel ihr braucht, um stromaufwärts zu fahren! Jeder hier schuldet dem Herrn der Callmosburg seine Arbeitskraft für den Schutz, den unser Herr ihm gewährt!«

Heute Abend in der Callmosburg! Bei Camos!

»Kann ich mit dir gehen?«, fragte Mara. Allein bei den Gehilfen zu bleiben und sich wer weiß wie lange den Fluss hinauffahren zu lassen, während die Zeit verrann, die Ungeduld immer größer wurde, der Herbst unaufhaltsam näher rückte, jener Augenblick der Tagundnachtgleiche … Nein!

Der Händler nickte. Er legte an und bepackte zwei Tragekörbe, gab einen Ianos, nahm selbst den zweiten.

Ianos verzog das Gesicht: »Verdammt schwer!«

»Du bist nicht zum Faulenzen hier!«, herrschte der Händler ihn an.

»Ich«, Mara stockte, »ich könnte ja einen Teil davon übernehmen!«

»Meinetwegen«, erwiderte der Händler, griff aus Ianos' Tragekorb einen Lederbeutel und reichte ihn Mara. Er war nicht groß, aber schwer.

Ianos lächelte ihr dankbar zu. Sie lächelte zurück. Ganz kurz nur.

Der Weg führte durch den Auwald und dann bergan. Lange

gingen sie durch dichten Wald schweigend nebeneinander her. Schließlich blieb Mara etwas zurück. Der Lederbeutel drückte und sie wurde müde. Ianos ließ sich ebenfalls zurückfallen. Nun wanderten sie gemeinsam ein Stück hinter dem Händler.

Schon war Nachmittag. Bald würden sie die Burg erreichen. Bald würde sie Camos gegenüberstehen, dem Burgherrn. Warum fiel ihr das Atmen so schwer?

Sie hielt das Stummsein nicht mehr aus. Sie musste sprechen. Über Camos. Doch wie sollte sie anfangen?

»Ist die Callmosburg groß?«, fragte sie Ianos.

Er nickte. »Sehr groß«, erwiderte er stolz. »Du brauchst ungefähr eine Stunde, wenn du am äußeren Wall entlang einmal ringsherum gehen willst.«

Sie starrte ihn ungläubig an. »Ist das wahr?«

»Natürlich, du wirst es ja sehen. Die Burg liegt am Ende eines Bergrückens, drei Gipfel schließt sie ein. Der äußere Wall grenzt ein riesengroßes Gelände gegen den Höhenzug ab. Mächtig ist dieser Wall, aus Steinen erbaut und von außen wahnsinnig hoch – vor allem nach Norden. Vorn an der Bergspitze fallen die Felsen senkrecht ab, da ist keine Mauer nötig. Dort liegt die Hauptsiedlung. Die wird noch einmal zusätzlich durch den inneren Wall abgeriegelt.«

»Und wie viele Menschen wohnen in der Burg?«

Er zuckte die Achseln. »Keine Ahnung. Eine Menge jedenfalls. Aber es ist auch viel freie Fläche dort oben, denn wenn Krieg ist, muss die Burg alle aufnehmen, die unter dem Schutz des Burgherrn stehen. Und auch das Vieh.«

»Sag mal«, fragte sie unsicher, »beherrscht Camos ein großes Land? Viele Dörfer?«

»O ja.« Er sah sie an. »Du weißt nicht viel über deinen Herrn, oder?«

»Ich – nein.«

»Wie kommt es, dass er dich zu seinem Knappen gemacht hat?«

»Mein Vater«, ihre Stimme klang heiser, »mein Vater war sein Freund.«

»War?«

»Er ist schon lange tot.«

»Meiner auch.«

Sie sahen einander an.

»Ich bin bei meinem Onkel aufgewachsen«, sagte sie.

»Ich auch.«

Sie schwiegen.

»Und deine Mutter?«, fragte sie schließlich.

»Meine Mutter kenne ich nicht. Sie ist bei meiner Geburt gestorben.«

Ohne Mutter!

»Dein Onkel«, setzte sie neu an, »wie ist er so?«

Ianos wischte sich den Schweiß aus der Stirn. »Er hat einen Haufen eigener Kinder. Und Mühe genug, sie durchzubringen. Mich hat er schon vor Jahren zu dem Händler gegeben. Ich soll selbst für mich sorgen, hat er gesagt.« Er machte eine Pause, dann fügte er trotzig hinzu: »Und das tue ich auch!«

Mara ging jetzt noch langsamer. Der Abstand zu dem Händler vergrößerte sich immer mehr. Mara biss auf ihren

Lippen herum. Endlich sprach sie die Frage aus, die sie schon lange bewegte: »Kennst du Camos gut?«

»Kennen? Gut?« Er lachte. »Wie halt einer wie ich einen großen Herrn kennt! Von weitem. Außerdem war er lange von der Callmosburg weg, wie du ja sicher weißt. Trotzdem, man hört natürlich so dies und das. Über die Befehle, die er gibt. Die Strafen, die er verhängt.« Er streifte Mara mit einem nachdenklichen, beinahe scheuen Blick: »Er ist ein sehr strenger Herr, oder?«

»Das ist nicht wahr!«, stieß Mara hervor. »Er ist nicht streng! Er ist gut und er weiß so viel, er kennt die Geschichten und er versteht alles und man kann ihm alles sagen und ...« Plötzlich hatte sie Tränen in den Augen.

Ianos sah sie betroffen an. »Ist ja gut. Entschuldige, ich wollte nicht ... Ich wusste nicht ... Du musst ihn schließlich am besten kennen. Du bist ja sein Knappe.«

»O hör doch auf!«, schrie Mara. Ganz schnell ging sie jetzt, rannte fast, bis sie den Händler eingeholt hatte, wischte sich die Tränen ab.

Von jetzt an blieb sie an der Seite des Händlers.

Es wurde bald Abend, als ihr Weg an eine Stelle kam, wo der Blick in die Ferne schweifen konnte. Da sah Mara das Tal unter sich, sah den von Nordosten heranfließenden breiten Fluss, sah den zweiten, schmalen, der von Norden her aus einem engen Seitental drängend in den großen Fluss mündete – und sah gegenüber, im Dreieck der Mündung, die Burg auf dem spitz zulaufenden Berg. Kahl, felsig und steil erhob er sich über dem Tal und ging in einen nach Norden breiter werdenden Höhenzug über. Der Atem stockte ihr. Was für eine Befestigung! Durch zwei weit auseinander liegende mächtige Wälle zum Bergrücken hin geschützt und durch die steilen Felswände zum Tal, lag die Siedlung auf der Spitze des Berges völlig uneinnehmbar. Dicht an dicht drängten sich dort die Häuser. Und welche Menschenmassen konnte das Gelände zwischen den beiden Wällen aufnehmen, die Einwohner und Tiere unzähliger Dörfer! Was für eine Macht. Camos' Macht. Sie schluckte. Nun war sie so nah am Ziel. Und dennoch erschien ihr Camos auf einmal vollkommen unerreichbar.

»Bald sind wir da«, sagte der Händler zufrieden. »Wir nehmen den Aufstieg zum Seitentor, das ist der kürzeste Weg.«

Sie liefen ins Tal hinunter, ließen sich über den Fluss setzen und begannen den Burgberg hinaufzusteigen. Weit ausholend führte der schmale Pfad am Steilhang schräg den Berg hinauf. Hoch über ihnen wuchs die steinerne Außenmauer des Walls senkrecht aus dem Abhang empor und ging zur felsigen Bergspitze hin in eine Palisadenwand über.

Maras Mund war trocken, ausgedörrt.

Augenblicke nur noch, dann würde sie Camos sehen, mit Camos sprechen. Mit Camos, dem Herrn dieser gewaltigen Burg. Ein sehr strenger Herr ...

Wie scharf er sie damals zurechtgewiesen hatte, als sie ihn gebeten hatte, sie mitzunehmen ...

Aber das war doch etwas ganz anderes gewesen! Camos würde sie aufnehmen. Camos würde sie anhören. Camos würde verstehen. Er musste. Oh, er musste einfach!

Das schmale Tor nahe am Abgrund zwischen steinernem

Wall und Palisade – der Wächter, der den Händler und Ianos erkannte und sie eintreten ließ – die Weite des hügeligen Burggeländes, Wiese und vereinzelte Bäume, hie und da ein paar Gebäude, dazwischen weidende Schafe und Rinder – der äußere Wall, der sich bergauf und bergab im Bogen über den Bergrücken und zum Seitental hinunter zog – der mächtige innere Erdwall, der dicht am Bergrand zu einem Bollwerk aus Steinen und Holz ausgebaut war – die lange Torgasse – das gewaltige Tor – die große Siedlung, Haus an Haus – die fremden Menschen – der breite Weg durch die Häuserzeilen bergan zum Gipfel – und dann das herrschaftliche Anwesen: Mara sah das alles und sah es doch nicht.

Sie stand vor dem großen Haus auf dem Gipfel, blickte zu dem hohen Giebel hinauf und war plötzlich müde, so müde wie noch nie.

Ein Mann kam dem Händler entgegen: »Gut, dass du angekommen bist! Wir haben schon ungeduldig auf dich gewartet. Hast du die Waffen und die Schmuckstücke? Sind auch diese ganz besonderen dabei, von denen Camos gesprochen hat, mit der Einlage aus diesem ganz neuen, kostbaren Metall, dem Eisen? Gib sie mir, ich muss sie sofort zu Camos bringen! Er will sie noch heute verschenken. Seine Gäste sind schon da, all die hohen Herren, eben bewirtet er sie, nur Bogos fehlt noch, doch auch ihn erwarten wir jeden Augenblick. Zeig mir, was du hast, o ja, Camos hat recht, das wird Bogos gefallen, ihn freundschaftlich stimmen, du weißt vielleicht, wie wichtig es für unseren Herrn ist, Bogos zum Verbündeten zu gewinnen gegen Hessos, der uns bedroht!«

Der Händler packte aus, zeigte und erklärte, wies schließlich auf Mara: »Das ist Maros. Er sagt, er sei der Knappe von Camos und habe Befehl, sich sofort bei Camos zu melden.«

Der Mann maß Mara mit einem abweisenden Blick: »Knappe? Davon weiß ich nichts. Merkwürdig. Nein, jetzt kannst du Camos nicht sehen!«

»Ich, ich kann ja warten«, stotterte Mara.

Ianos rief dazwischen: »Aber wenn Camos ihm doch befohlen hat, sich sofort bei ihm zu melden!«

Der Mann zögerte, dann schüttelte er den Kopf. »Trotzdem. Heute nicht! An einem Tag, an dem unser Herr so wichtige Gäste hat. An dem so Entscheidendes auf dem Spiel steht! Unmöglich!«

Ein junger Mann kam den steilen Weg zum Gipfel heraufgerannt, rief schon von weitem: »Er kommt! Bogos fährt den Berg herauf! Das ist ein Glanz: sein Wagen, sein Pferdegeschirr! Vor all den bronzenen Zierscheiben, mit denen das Pferd behängt ist, sieht man kaum mehr das Fell! Lass mich ein, ich muss melden, dass Bogos schon am Berg ist!«

Einen Augenblick blieb er stehen, schöpfte Atem, dann straffte er sich und verschwand im Haus. Kurz darauf trat der Burgherr aus der Tür. Camos.

Mara fuhr zusammen. So anders sah er aus. So unglaublich prächtig. Er trug einen Brustpanzer aus goldglänzend polierter Bronze, der über und über mit geheimnisvollen in das Metall getriebenen Mustern verziert war. Dazu bronzene Beinschienen an den Unterschenkeln, sein Bronzeschwert am Gurt und seinen Bronzeschild am linken, anscheinend wieder genesenen Arm. Unter dem rechten aber hielt er einen hohen Helm. Nun setzte er ihn auf, einen Bronzehelm mit einem Bronzekamm und weit herabhängenden, reich verzierten Wangenklappen. Einen Kopf größer sah er aus mit diesem Helm. Hoch überragte er alle umstehenden Männer. Die Abendsonne glitzerte und funkelte auf dem schimmernden Metall, dass es blendete.

Mara trat einen Schritt zurück. Er war so fremd, so fern. Und ein Ausdruck war in seinem Gesicht, ein Ausdruck, den sie nicht kannte.

Camos nickte dem Händler zu, dankte ihm für die rasche Erledigung des Auftrages. Der Händler richtete die Grüße des Herrn aus, von dem er die Schmuckstücke abgeholt hatte, und sagte dann mit einer Handbewegung auf Mara deutend: »Auf Weisung des Herrn der Herbrosburg habe ich auch Euren Knappen mitgenommen.«

Camos runzelte die Stirn: »Meinen Knappen?« Er streifte Mara mit einem beiläufigen Blick, wollte sich schon wieder abwenden, doch plötzlich sah er sie scharf an, war mit wenigen Schritten bei ihr, fasste sie am Kinn, drehte ihr Gesicht zu sich: »Sieh mich an!«

Sie hob die Augen. Sah das Erkennen auf seinem Gesicht. Den Unglauben. Das Erschrecken. Hörte seine Stimme, den vertrauten Tonfall, doch nun betroffen hervorgestoßen: »Mara! Du! Allein? Weiß deine Familie … ?«

Sie wandte den Blick nicht von ihm. Sie konnte nicht sprechen, es ging einfach nicht. Sie schüttelte den Kopf, spürte das Brennen in den Augen.

Er ließ sie los, trat zurück. »So bist du von daheim weggelaufen?! Heimlich?!«

Sie nickte stumm.

»Und gibst vor, mein Knappe zu sein?! Bist du mir etwa – nachgelaufen?«

Wie sich das anhörte! O nein! Sie musste es ihm erklären. Jetzt. Aber wie? Und all die vielen Leute ... Sie schwieg.

Jetzt war seine Stimme empört: »Wie konntest du! Du, Riacos' Tochter! Weißt du, wie deinen Vater erzürnt hätte, was du getan hast? So gegen alle Sitten und allen Anstand zu verstoßen? So ungehorsam und rücksichtslos zu sein! So deine Familie zu ängstigen!«

Sie hielt seinen Blick nicht aus. Sie senkte den Kopf.

Wäre sie weit weg, irgendwo, nur nicht hier!

Aber sie konnte vor diesen unbarmherzigen Worten nicht fliehen: »Weglaufen! Sich als Jungen ausgeben! Als meinen Knappen! Schamlos lügen!«

Sie spürte die Röte in ihr Gesicht steigen. »Bitte!«, flüsterte sie leise. »Bitte, Herr! Ich werde Euch alles erklären ...«

»O ja, das wirst du, verlass dich drauf!« Wie er dies sagte, war es eine Drohung. »Aber nicht jetzt. Morgen! Morgen wirst du mir Rede und Antwort stehen! Und nun lass dir von meinen Mägden Mädchenkleider geben, ich will dich in diesem unwürdigen Aufzug nicht mehr sehen!« Damit ließ er sie stehen und ging über den Platz, Bogos entgegen – dem prachtvoll gekleideten und bewaffneten Herrn, der soeben aus seinem Prunkwagen stieg –, breitete weit die Arme aus, umarmte den Gast, führte ihn feierlich ins Haus.

An Mara schritt er vorbei, ohne sie noch einmal anzusehen. Sie rührte sich nicht.

Männer standen um sie herum, der Händler, der Mann, der sie begrüßt hatte, Ianos, starrten sie an.

Schließlich brach der Händler in lautes Gelächter aus, ein böses Lachen: »Ein Mädchen! Führt mich tagelang an der Nase herum! Himmel, wo habe ich meine Augen gehabt! Aber wer rechnet mit so schamloser Unverfrorenheit. Wenn ich mir das vorstelle: Camos' Knappe – ein Mädchen! Reißt von daheim aus und läuft unserem Herrn nach. Wirft sich ihm an den Hals. Und glaubt auch noch, er würde sie mit offenen Armen empfangen. Camos! Wenn meine Tochter so etwas täte ...«

Der Mann, der zum Anwesen des Burgherrn gehörte, schüttelte den Kopf: »Und wenn ich mir vorstelle, ich hätte sie als den Knappen von Camos eingelassen! Mitten in das Gastmahl hinein, vielleicht noch in Anwesenheit von Bogos! Mädchen, allein für diese Vorstellung verdienst du ... Na, morgen möchte ich jedenfalls nicht in deiner Haut stecken.«

Er fasste sie an der Schulter, drehte sie zum Weg hin, gab ihr einen leichten Stoß: »Ich kann mich jetzt nicht um dich kümmern, ich kann hier nicht weg. Geh den Weg hinunter zu dem Haus dort links neben dem Tor! Sag, dass Camos befohlen hat, dass man dir Mädchenkleider gibt!« Und dann fügte er ein wenig freundlicher hinzu: »Und sag, der Burgvorsteher gibt Anweisung, dass man dich aufnimmt! Bis morgen!«

Mara schaute noch immer zu Boden, sah nicht die höhnischen oder empörten Gesichter der Männer, nicht das fassungslose von Ianos, stolperte blindlings bergab. Vor dem

Haus, das der Burgvorsteher ihr genannt hatte, blieb sie stehen.

Sie konnte nicht denken. Aber Satzfetzen schwirrten durch ihren Kopf: Wie konntest du nur – gegen alle Sitten und allen Anstand – ein sehr strenger Herr – morgen – schamlos lügen – bist du mir etwa nachgelaufen …

Nein!

Sie drehte sich um, ging weiter, an dem Haus vorbei, durch das innere Tor und die Torgasse und strebte dem schmalen Seitentor zu, durch das sie die äußere Burganlage betreten hatten.

Sie konnte Camos nicht mehr ins Gesicht sehen. Nie wieder.

Er verachtete sie. Er würde sie nicht verstehen. Er war ganz anders, als sie gedacht hatte. Er würde nicht helfen. Nie.

»O Mutter«, flüsterte sie. »Mutter!«

Das äußere Tor war verschlossen. Verschlossen und bewacht.

Blindlings ging sie weiter, immer den steinernen Wall entlang. Von innen sah er nicht so unüberwindbar aus, war nicht so hoch wie von außen. Sie könnte hinaufsteigen. Ob es irgendwo eine Möglichkeit gab, außen hinunterzuklettern?

Aber bewaffnete Männer gingen auf der Wallkrone auf und ab.

Sie verließ den Wall, überquerte eine schier endlose Wiese, kam auf einen breiten Weg, der sie durch eine kleine Siedlung zur anderen Seite des Berges und in einer Senke bergabwärts zum Seitental hin führte. Doch auch hier traf sie auf die Befestigung, und das wuchtige, mächtige Haupttor war genauso verschlossen, wie es das Seitentor gewesen war. Und wieder Wächter.

Gefangen.

»Maros!«, hörte sie eine bekannte Stimme rufen.

Sie fuhr herum, sah Ianos, der den Wall entlang auf sie zulief.

Da rannte sie los, rannte, so schnell sie konnte wieder bergauf, stürmte einer Bergnase entgegen, erreichte deren Höhe, rannte weiter und weiter.

Ianos folgte ihr noch immer, hatte sie fast eingeholt. »So warte doch!«, rief er.

Sie gelangte an einen Abhang, der übersät war von unzähligen kleinen Felsen. Ein Stück unterhalb von ihr zog sich die Befestigung dahin. Sie hetzte zwischen den Steinen herum und kauerte sich schließlich, am Ende ihrer Kräfte, zwischen zwei Felsbrocken.

Es war bereits dämmrig. Ianos würde sie nicht finden. Hoffentlich.

Sie weinte.

Eine Hand legte sich auf ihre Schulter. »Maros!«, hörte sie Ianos sagen und dann, stotternd: »Entschuldige, ich meine – Mara!«

»Lass mich!«, schrie sie. »Lass mich in Ruhe, hörst du, geh weg! Verschwinde!«

Sie sprang hoch, taumelte bergan. Schon war Ianos wieder neben ihr, fasste nach ihrer Hand. Sie wollte sich losreißen, doch er hielt sie fest.

Sie schrie ihn an: »Du sollst mich loslassen! Ich will dich nicht sehen, keinen will ich sehen, nie mehr, begreifst du das nicht!« Und dann, aufschluchzend, fügte sie hinzu: »Schon gar nicht Camos!«

»Doch«, sagte er, »das begreife ich.« Er hielt sie noch immer an der Hand. Sie wehrte sich nicht mehr.

»Wo willst du denn jetzt hin?«, fragte er.

Sie schwieg.

Er beharrte: »Nach Hause?«

Sie nickte. Sie schmeckte Tränen auf ihren Lippen.

»Die Tore sind zu«, flüsterte sie schließlich, »und überall Wächter!«

Er nickte. »Weil Camos im Krieg mit Hessos liegt. Deshalb lässt er die Burg so streng bewachen.«

»Dann muss ich bis morgen früh warten, bis die Tore öffnen?«, fragte sie leise.

»Morgen früh ist es zu spät. Wer sagt dir, dass Camos nicht schon zu Tagesbeginn nach dir schickt? Oder Befehle deinetwegen erteilt? Und selbst wenn du zuvor noch aus der Burg kommst – wenn er erfährt, dass du verschwunden bist, glaubst du wirklich, er lässt dich einfach gehen? Bestimmt wird er nach dir suchen lassen und dann gibt es Leute, die dich gesehen haben, und dann ... Wenn du von seinen Männern zurückgebracht wirst, macht das die Sache nicht gerade besser!«

Sie antwortete nicht.

»Wenn du willst«, sagte er, »wenn du willst, dann bringe ich dich heimlich raus aus der Burg. Und zeige dir einen Weg über die Berge, auf dem dich keiner vermuten wird.«

Sie sah auf: »Jetzt?«

Er nickte: »Sobald es dunkel ist!«

»Hier bleiben wir!« Ianos wies auf eine geschützte Stelle unter einem überhängenden Felsen.

Mara kauerte sich auf die ebene Steinfläche. Ihre Füße brannten und ihre Beine waren so schwer, dass sie keinen einzigen Schritt mehr hätte gehen können. Noch nie in ihrem Leben war sie so weit gewandert.

Fast die ganze mondhelle, sternklare Nacht hindurch waren sie gegangen, auf einem Pfad, der sich immer wieder im Dunkel des unendlichen Waldes zu verlieren schien und dem Ianos dennoch ohne zu zögern folgte.

Außer den kurzen Anweisungen, mit denen Ianos sie vor Gefahren des Weges warnte, hatten sie kaum gesprochen. Nur manchmal, wenn sie sich gar nicht mehr weiter hatte vorwärts schleppen können, hatte Ianos eine kurze Pause eingelegt.

Einmal, ein einziges Mal hatte sie gesagt: »Ich kann nicht mehr«, doch Ianos hatte erwidert: »Wir müssen weiter. Wir müssen nachts gehen und tags schlafen. Ich sage dir doch, Camos wird dich suchen lassen! Ein Herr duldet nicht, dass man seine Befehle missachtet. Wenn ich auch nicht glaube, dass er an diesen Pfad hier denkt – trotzdem!«

Mara lehnte sich an die kalte Felswand. Grau brach die Morgendämmerung durch die Zweige der Bäume. Eben war sie noch so müde gewesen und nun …

Camos, seine unnachsichtigen Worte, dieser vernichtende Blick …

Könnte sie doch einfach in ihren Kopf hineingreifen und die Bilder herausreißen, die sich darin festgesetzt hatten!

Könnte sie alles auslöschen, die Worte, die Gedanken. Ungeschehen machen.

Es ging nicht.

Bist du mir etwa nachgelaufen …

Nachgelaufen!

Ihre Wangen brannten.

Dieser Camos, er war so hart! Er verstand nichts, gar nichts! Er kam gar nicht auf den Gedanken, dass sie einen Grund hatte, ihn zu suchen! Er verurteilte sie, ohne sie anzuhören! So gemein war das! Und sie hatte geglaubt …

Aber damit war jetzt ein Ende! Nie mehr, nie mehr wollte sie ihn wiedersehen!

Sie wollte nach Hause. Nur noch nach Hause. Zu ihrer Mutter. Ihre Mutter, die würde verstehen.

Zu Hause war auch Onkel Vicos. Er würde sie bestrafen. Aber das war ihr gleich. Es würde vorübergehen.

Alles war besser, als noch einmal Camos zu begegnen!

Sie hätte es doch wissen müssen, dass er so sein würde! So scharf, wie er damals geantwortet hatte, als sie mit ihm hatte gehen wollen! Warum hatte sie daran nicht früher gedacht!?

Warum hatte sie nur für wichtig gehalten, wie er ihr die Geschichte erzählt hatte? Die Geschichte von dem gefesselten Riesen …

Litos! Was wurde nun aus Litos?

Ach, sie konnte nicht mehr. Es ging nicht. Sie hatte einfach keine Kraft mehr. Nicht einmal mehr für Litos.

O Litos, Litos …

»So, jetzt kannst du dich hinlegen! Bald scheint die Sonne hierher und erwärmt den Felsen, dann wirst du auch nicht mehr frieren!«, erklärte Ianos. Zufrieden wies er auf das Lager aus Zweigen und Laub, das er für Mara bereitet hatte. Er griff in seinen Beutel, hielt ihr ein Stück Brot hin: »Hier, iss erst noch etwas, bevor du schläfst!«

Ianos hatte an alles gedacht. Sogar daran, noch einen Beutel mit dem Nötigsten zu packen, ehe er Mara in einem unbewachten Augenblick über die Befestigung geholfen und sie auf dem steilen Felshang den Burgberg hinabgebracht hatte.

Er hatte gesagt, er wolle ihr den Pfad über die Berge zeigen. Doch er hatte viel mehr getan. Er war die ganze Nacht vor ihr hergegangen und jetzt …

Mara kroch auf das Lager. Sie schloss die Augen. Das Brot in der Hand, schlief sie ein.

Um die Mittagszeit erwachte sie wieder. Sie setzte sich auf, streckte die Glieder. Die Beine schmerzten und ein Ast hatte ihr in den Rücken gedrückt.

Sie sah sich um. Dort drüben, ein Stück von ihr entfernt, schlief Ianos. Für sich hatte er kein Lager gemacht, er lag einfach auf dem Waldboden.

Mara erhob sich leise. Sie sah ihr Stück Brot am Boden liegen, hob es auf, biss hinein. Am Hang unterhalb des Felsvorsprungs wuchsen Himbeeren. Sie stieg hinunter und begann zu pflücken. Die Himbeeren waren sehr reif, süß und saftig. Lange aß sie, dann kletterte sie wieder hinauf. Als sie Ianos noch immer schlafen sah, zögerte sie einen Augenblick. Dann nahm sie ihren Binsenhut, kehrte zu der Himbeerhecke zurück und pflückte Beeren, bis der Hut randvoll war. Leise schlich sie sich zu Ianos, legte den Hut mit den Beeren neben ihn auf den Boden, ging zu ihrem Lager und schlief wieder ein.

Sie träumte:

Sie rannte auf einem schmalen Pfad. Regen strömte auf sie herab. Blitze zuckten. Donner grollte. Nein, es war kein Donner, es waren Reiter. Reiter, die hinter ihr her waren. Sie rannte noch schneller. Die Reiter kamen immer näher. Sie hörte die Stimme von Camos, scharf und zornig: »Bringt sie her! Die läuft mir nicht noch einmal weg! Sie soll mir Rede und Antwort stehen!« Die Pferdehufe dröhnten. Der erste Reiter war heran und beugte sich vom Pferd herab, griff nach ihr. Sie schrie. Seine Hand schloss sich um ihren Mund.

Sie fuhr auf. Jemand drückte sie nieder, hielt ihr den Mund zu. Ianos' Stimme flüsterte dicht an ihrem Ohr: »Still! Du darfst nicht schreien! Es sind Reiter auf dem Weg. Ich weiß nicht, ob es Männer von Camos sind. Jedenfalls dürfen sie uns nicht bemerken!«

Sie zitterte. Er hielt sie fest.

Das Geräusch der Pferdehufe verklang in der Ferne.

Ianos ließ sie los und rückte von ihr ab. Wortlos saßen sie nebeneinander. »Danke für die Himbeeren. Sie waren sehr gut«, murmelte er schließlich.

Sie schwieg.

Sie dachte an Camos. Schon wieder. Ließ er sie wirklich suchen? Er durfte sie nicht finden, er durfte nicht!

Alles, alles könnte sie ertragen, aber noch einmal Camos gegenüberzustehen, das nicht.

»Bald wird es dunkel, dann können wir weiter«, sagte Ianos. Und dann fügte er leise hinzu: »Ich meine, wenn es dir recht ist, dass ich dir noch ein Stück den Weg zeige.«

»Hast du denn Zeit?«

»Zeit?« Er zuckte die Achseln. »Mehr als genug! Zurück kann ich sowieso nicht!«

Sie hörte kaum hin. »Wieso?«, fragte sie gleichgültig.

»Na ja. Inzwischen weiß Camos, dass ich dir aus der Burg geholfen habe. Ist ja nicht schwer zu erraten. Schließlich kennst du dich dort nicht aus – dass du es alleine nicht schaffen konntest, muss jedem klar sein. Und nachdem sie dein und mein Verschwinden entdeckt haben – nein, da gibt es keinen Zweifel. Und wenn ich jetzt zurückgehe, wird man mich vor Camos bringen. Und ihm ...« Er stockte und sagte dann sehr leise, mit beinahe brüchiger Stimme: »Ihm halte ich nicht stand.«

Sie schaute ihn an.

Er blickte verlegen zur Seite.

Sie öffnete den Mund. Aber sie konnte nichts sagen.

Sie warteten, bis die Dämmerung über den Wald sank, dann machten sie sich auf den Weg.

Mitten in der Nacht kamen sie an eine vom Mondlicht erhellte Kreuzung. Ianos blieb einen Augenblick stehen, dann ging er mit großer Sicherheit auf einen der Wege zu.

»Woher weißt du immer, wohin wir müssen?«, fragte Mara.

Er lachte. »Nicht umsonst bin ich seit Jahren mit dem Händler unterwegs!«

»Ianos? Können wir eine Pause machen? Ich bin ziemlich müde.«

»Ja. Komm dort drüben unter die Bäume!«

Sie setzten sich hin, aßen von den Vorräten, tranken das Wasser, das sie an einem Bach in den Fellsack gefüllt hatten, ruhten sich ein wenig aus.

Mara kaute auf ihren Fingern herum. »Ianos«, sagte sie schließlich, »dass du mir so hilfst – danke.«

»Schon gut. Du hast mir doch auch geholfen«, erwiderte er spröde.

Dann fügte er sehr leise und ernst hinzu: »Du warst der erste Mensch, der mir jemals wirklich geholfen hat.«

Geholfen. Ihr hatte einmal Camos geholfen. Und sie war so sicher gewesen, dass er ihr helfen würde. Und nun …

Plötzlich musste Mara weinen.

»Was hast du denn?«, fragte Ianos.

»Ach, ich weiß nicht.« Es tat so weh, ganz tief innen. Als sei mitten in ihr eine große Wunde. Aber wie sollte man das erklären?

Sie schwiegen.

»Darf ich dich etwas fragen?«, erkundigte sich Ianos schließlich.

»Ja.«

»Warum hast du das getan«, er stockte, suchte nach den richtigen Worten, »dich als Junge verkleidet und als Camos' Knappe ausgegeben, ich meine, wo du doch ein Mädchen bist ...«

»Warum?!«, wiederholte sie wütend. »Kannst du dir vorstellen, dass der Herr der Herbrosburg Händlern befiehlt, sie sollen ein Mädchen zur Callmosburg bringen, nur weil es sagt, es muss dorthin? Glaubst du das wirklich?«

Ianos lachte: »Nein. Du hast recht.« Nach einer Welle fuhr er fort: »Wenn ich es mir überlege – du hast eine Menge gewagt. Es gehört schon viel dazu, allein einen solchen Weg zu schaffen, für ein Mädchen!«

»Für ein Mädchen! Für ein Mädchen!«, schrie sie ihn an. »Ich kann es nicht mehr hören!«

Sie sprang auf und ging weiter, sehr rasch. Sie musste einfach laufen.

Er folgte ihr. »Du«, sagte er, »ich wollte dich nicht beleidigen.«

»Ich weiß – ach, entschuldige.«

Lange wanderten sie durch die Nacht. Dann fragte Ianos: »Mara, woher kennst du eigentlich Camos?«

»Ich hab dir doch gesagt, er war ein Freund meines Vaters. Und vor einigen Wochen, da kam er in unser Dorf, um meinen Vater zu besuchen. Er wusste nicht, dass mein Vater tot ist. Und da hat er mich …«

Alles war wieder da, der See und der Einbaum und Camos auf dem Floß, seine Stimme und seine Geschichte.

Der gefesselte Riese.

Die versunkene Insel.

Die Geister der Tiefe. Sie warteten auf ihr Opfer. Sie warteten auf Litos. Mit jedem Augenblick näherte sich der furchtbare Tag.

Und Camos hatte sie nicht angehört.

Dieser Camos, er glaubte, sie sei ihm einfach nachgelaufen …

Dabei war es nur für Litos gewesen!

Jetzt würde sie Litos nicht mehr retten können.

Alles war umsonst gewesen.

Litos würde geopfert werden.

Litos, ihr kleiner Litos, musste sterben.

Sie biss die Zähne zusammen. »Was kann ich dafür, Camos hat mir nicht geholfen!«, rechtfertigte sie sich im Stillen.

Ganz leise sagte eine bohrende Stimme in ihr: »Du hast es ja gar nicht richtig versucht. Wenn du nicht geflohen wärst, wenn du es ausgehalten hättest, wenn du es ihm erklärt hättest …«

»Nein!«, sagte sie laut.

»Was, nein?«, fragte Ianos verwundert.

»Nichts!«, erwiderte sie. Nun rannte sie fast. Sie stieß sich den Kopf an einem Ast. Es wurde immer finsterer. Der Himmel hatte sich bewölkt.

Ianos schlug vor zu rasten. »Wenn es so dunkel ist, können wir nicht weiter«, erklärte er. »Und außerdem glaube ich, dass wir jetzt überhaupt nicht mehr nachts wandern müssen. Wir sind weit genug von der Callmosburg entfernt. Hier wird man uns kaum mehr suchen. Nur den großen Fluss müssen wir meiden, aber bis zur Herbrosburg finde ich auch ohne den Fluss!«

Sie schliefen den Rest der Nacht bis weit in den Morgen hinein, dann machten sie sich wieder auf.

»Erzähl mir etwas!«, bat Mara.

Und er erzählte von seinen Reisen, von den großen Herren, in deren Burgen und Höfe er gekommen war, von den Streichen, die er daheim gespielt hatte. Wann immer er aufhören wollte zu reden, stellte Mara schnell eine neue Frage.

Solange er redete, musste sie nicht denken.

Nicht an Camos.

Nicht an Litos.

Und nicht an das, was sie versäumt hatte.

Am Abend führte ihr Weg aus dem Wald heraus. Vor ihnen lag ein kleines Dorf. Es hatte zu regnen begonnen und sie hatten nichts mehr zu essen. So baten sie in einem der Gehöfte um Aufnahme. Als Mara einen der Bronzeringe verschenkt hatte, wurden sie freundlich bewirtet und durften sich in einem Winkel des Hauses auf einem Haufen ungesponnener Wolle hinlegen.

»Wo sind wir hier?«, murmelte Mara, schon halb im Einschlafen.

Nur noch undeutlich hörte sie die Antwort von Ianos: »Übermorgen wirst du im Süden den Heiligen Berg sehen.«

Der Heilige Berg – wo hatte sie das schon einmal gehört?

Sie war so müde.

Rauch – irgendetwas hatte es mit Rauch zu tun gehabt.

Die Gedanken glitten weg. Wie Nebel zog es durch ihren Kopf.

Der Rauch des Opferfeuers, er war nicht zum Himmel gestiegen.

Nein, nicht daran denken! Schlafen!

Man sieht den Rauch nicht. Es ist kein gutes Vorzeichen, wenn man den Rauch nicht sieht.

Das heilige Feuer, gehütet von den Neun ...

Sie sind sehr weise und sie hüten viele Geheimnisse ...

Von weit her kommen Mächtige, um sich hier Rat und Weisung zu holen ...

Mara setzte sich auf. Schlagartig war sie hellwach. Ihr Herz klopfte hoch und schnell.

Jetzt wusste sie, was sie tun würde. Plötzlich sah sie alles ganz klar. Sogar den Gedanken konnte sie denken, den einen Gedanken, den sie in den letzten Tagen mit verzweifelter Kraft daran gehindert hatte, laut zu werden: »Ich habe versagt. Ich habe zu früh aufgegeben. Ich habe nicht wirklich gekämpft für Litos. Vielleicht – habe ich mehr an mich gedacht als an Litos!« Aber jetzt, von diesem Augenblick an, würde sie alles, was sie konnte, für Litos tun. Nur für ihn.

»Ianos!«, sagte sie.

Er schlief.

Sie rüttelte an seiner Schulter.

Er grunzte unwillig.

Sie rüttelte weiter.

»Was ist?«, fragte er schläfrig. »Kannst du mich nicht in Ruhe lassen?«

»Ich muss zum Heiligen Berg!«

»Bist du verrückt geworden?«

»Nicht jetzt. Aber morgen früh will ich mich dorthin aufmachen. Ich will zu den Neun. Zeigst du mir den Weg?«

»Ich werde mich hüten!«

»Dann finde ich ihn auch alleine!«

Ianos richtete sich auf. »Mara, da hört der Spaß auf! Mit dem Heiligen Berg treibt man keine Scherze!«

»Ich treibe keinen Scherz. Ich sage nur, dass ich dorthin muss. Und das ist mir so ernst, so ernst wie noch nie etwas.«

»Mara, ich bin nicht so bewandert in solchen Dingen, aber eines weiß ich: Wer unbefugt dort eindringt, ohne Grund ...«

»Vielleicht bin ich unbefugt«, antwortete Mara, »aber ohne Grund bin ich nicht. Ich kann dir das nicht erklären, weißt du, ich darf nicht darüber reden. Es hat einen sehr ernsten Grund, weshalb ich zu Camos wollte, ich wollte ihn zu Hilfe holen, aber das habe ich jetzt alles verdorben. Und deshalb bleibt mir nur noch der Heilige Berg. Sonst wird«, ihre Stimme bebte, »sonst wird etwas ganz Furchtbares geschehen!«

Sie brach ab. Dann erschrak sie plötzlich: »Es stimmt doch,

Ianos, was der Händler gesagt hat? Dass die neun Frauen auf dem Berg sehr weise sind und mächtig und viele Geheimnisse kennen?«

»Ja, das erzählt man sich überall. Aber auch etwas anderes erzählt man sich: Dass sie gefährlich sind. Mara, verstehst du, sie haben Kräfte, von denen gewöhnliche Menschen nichts ahnen, und die man gut tut zu fürchten.«

Er verstummte, dann setzte er neu an: »Mara, ich möchte nicht, dass du mich für einen Feigling hältst. Wenn du es möchtest, bin ich bereit dich überallhin zu begleiten, wohin du willst. Aber da hinauf, auf diesen Berg, gehe ich nicht.«

»Das macht nichts«, erwiderte Mara, »führe mich bis zu seinem Fuß. Hinauf gehe ich alleine.«

Auf einmal sah sie Litos vor sich, Litos mit seinen hellen Augen.

Sie legte sich wieder hin und lächelte.

Ein merkwürdiges Schweben war in ihrem Kopf. Betäubung und Klarheit zugleich. Hunger, Müdigkeit, gespannte Erwartung, Angst und Hoffnung, das Brennen der Füße und die Schwere der Beine: All das war seltsam fern gerückt. Was blieb, war dieses Schweben im Kopf. Das Gefühl von Unwirklichkeit darüber, dass sie, Mara, ganz allein geweihten Boden betrat. Und die Gewissheit, dass gleich etwas geschehen würde, etwas Unvorstellbares, Großes.

Kein Mensch zu sehen.

Ianos war in dem geliehenen Boot, mit dem er sie übergesetzt hatte, am Ufer am Fuß des Berges zurückgeblieben.

Die Anlegestelle stand unter Wasser. Auch hier …

Dem Pfad folgend stieg Mara schräg am Hang empor, erreichte die Höhe, sah sich um: Wiese. Kein Baum, kein Haus, kein Mensch. Ein lang gezogener Bergrücken, auf dem ein breiter Weg verlief, von rechts nach links, nach Norden, der

Spitze des Bergspornes zu. Und dort, noch fern von ihr – was war das?

Die Mauer, der Wehrgang, die hölzernen Wehrtürme, auf all das war Mara gefasst gewesen. Doch sie konnte nur den obersten Teil der Mauer sehen, denn davor lag eine wie ein Wall verlaufende Erhebung. Mit Gras und Gestrüpp schien sie bewachsen, kein Wehrgang krönte sie. War diese Erhebung wirklich ein Wall, in grauer Vorzeit erbaut und dem Verfall anheimgegeben, oder war sie aus dem Berg erwachsen, entsprungen göttlichem Willen, um das Heiligtum neugierigen Blicken zu entziehen, Unbefugte zur Umkehr zu mahnen?

Der Wind brauste über den kahlen Berg.

Ihr schauderte: ein Wohnort der Geister.

Wäre nicht der Weg unter ihren Füßen gewesen, sie hätte kaum gewagt voranzugehen.

Weit ging der Blick in dunstige Ferne, über flaches Land und entfernte Anhöhen. Zu Füßen des Berges zog sich durch Auwald, durch weite Moor- und Sumpfflächen das breite verästelte Band des Flusses mit seinen Nebenarmen und kleinen Zuflüssen. Hier oben aber schien man abgehoben vom alltäglichen Leben, der Wirklichkeit ferngerückt.

Ein Ort, durchtränkt von Geheimnis.

Plötzlich erfüllte Flügelschlagen die Luft. Mara sah nach oben. Große, strahlend weiße Vögel glitten heran, ließen sich auf der Wiese nieder, ein ganzes Stück vom Weg entfernt. Schwäne.

Waren es wirklich Schwäne, einfach Schwäne?

Und dann erklang der Ton, ein geheimnisvolles Tuten wie von unsichtbaren Hörnern.

Mara stand regungslos.

Waren es die Schwäne, die riefen? Konnte dies denn möglich sein?

Ihr war, als gelte dieses Rufen ihr. Als enthalte es eine Botschaft, die sie nicht verstand. Und die doch wichtig für sie war.

Der Ruf kehrte immer wieder und vermischte sich mit dem Lied des Windes. Mehr und mehr schien der Berg zu klingen. In dieses Klingen hinein tauchten längst versunkene Worte ihres Vaters auf, waren plötzlich da:

Die Vögel – Mittler zwischen den Welten …

Die singenden Schwäne, Boten der Götter …

Die Schwäne, sie ziehen den Wagen des strahlenden Gottes und ziehen das Sonnenschiff …

Die Schwäne, Erscheinungen des Gottes selbst …

Mara zitterte.

Durfte sie hier sein? Durfte sie diese heiligen Tiere sehen – und hören? Oder war es ein Verbrechen, dass sie ihren Fuß auf diesen geweihten Boden gesetzt hatte?

Musste sie umkehren?

Die Sonne brach aus der dichten Wolkendecke hervor und beleuchtete die von der Mauer umgrenzte Kuppe des Berges. Hell strahlte dieser Fleck auf. Er schien sie zu sich zu laden, sie magisch anzuziehen.

Da fielen alle Zweifel von ihr ab.

Langsam ging sie auf das Leuchten zu, wandte die Augen

nicht davon ab. Endlich erreichte sie die Erhebung vor der Mauer.

Sie sah die überwucherte Böschung, die verstürzten und bemoosten Steine. Wohl doch ein alter Wall. Ungehindert durchschnitt ihn der Weg, einen Bogen schlagend.

Sie betrat den Durchlass. Blieb stehen wie von einer unsichtbaren Hand gestoppt: die Mauer.

Etwa zwanzig Schritt vor ihr erhob sich in senkrechter Front die Mauer, aus großen, ja teilweise gigantischen hellen Steinblöcken gefügt, vom Muster der Holzpfosten unterbrochen.

Auf ihrer Höhe, weit mehr als mannshoch über dem Boden, der starke hölzerne Wehrgang und die Wachtürme.

Und kein Tor.

Kein Tor!

Ihre Augen irrten nach rechts, die lange Front der Mauer entlang, dann nach links.

Dort, nahe am Steilabfall des Bergrückens, bildete die Mauer einen rechten Winkel und um diese Ecke führte dicht an ihrem Fuß der Weg.

Ihr Weg.

Sie ging ihn, folgte der Biegung – und erreichte nach wenigen Schritten einen hohen Torbau.

Das Tor stand weit offen.

Sie wunderte sich nicht über die Selbstverständlichkeit, mit der sie darauf zuging, in den tiefen Schatten des Tortunnels eintauchte, es durchmaß.

Dann trat sie in das Innere.

Ein sehr großer freier Platz, grasbewachsen, zur Höhe des Bergrückens sanft ansteigend, so weit sie blicken konnte gesäumt von der Mauer.

Linker Hand führte ein Weg auf entfernt liegende lehmverputzte Gebäude – ein langes, großes und mehrere kleinere –, ein anderer Weg zog sich schräg die flache Anhöhe hinauf.

Irgendeine Macht zog sie dorthin.

Sie schritt den Weg voran, erreichte die Hochfläche, konnte das weiträumige, von der Mauer eingefriedete Rechteck überblicken. Nur ein einziger Fleck wurde noch von einem durch die Wolken brechenden Sonnenstrahl beschienen. Mit traumwandlerischer Sicherheit ging sie auf jene Stelle zu, starrte auf die schwarze Fläche, die sich in breiter Bahn wie ein erhabener Weg über die Wiese zog: Asche und Holzkohle, verbrannte Knochen und Scherben – die Opferstätte.

Und mitten auf diesem Schwarz der weiße Vogel.

Sie fiel auf die Knie, bedeckte ihr Gesicht mit den Händen, wagte sich nicht mehr zu rühren.

Nie würde sie es wagen, sich wieder zu erheben.

Fest presste sie die Hände vor die Augen. Doch das Licht, das sie sah, wurde immer heller. Es blendete sie so, dass es ihr mitten ins Gehirn schnitt.

Sie stöhnte.

Und dann sah sie das Bild.

»Was siehst du?«, fragte eine leise Frauenstimme hinter ihr.

Sie wunderte sich nicht, woher diese Stimme kam. Es war, als müsse sie da sein.

»Den Wagen«, flüsterte sie. »Einen Wagen ganz aus Gold, seine Räder drehen sich, die Speichen glitzern und blenden. Und in dem Wagen, in dem Wagen, o nein, es ist so hell, ich kann nicht sehen, es verbrennt meine Augen!«

Etwas berührte ihre Schulter, ganz leicht und kaum spürbar.

Das Blenden erlosch.

»Geh in den Tempel!«, sagte die Stimme.

Sie kniete da, die Stirn am Boden, wartete, dass ihr Herzschlag sich beruhigte.

Endlich stand sie auf, sah sich um.

Die Sonne war hinter den Wolken verschwunden, grau und trüb spannte sich der Himmel über den Berg.

Der weiße Vogel war nicht mehr zu sehen.

Sie war allein.

»Geh in den Tempel«, hatte die Stimme gesagt. Was hatte sie damit gemeint?

Das lange Gebäude in der Nähe der Mauer, aus dessen Giebel der Rauch drang?

Sie tastete nach dem Lederbeutelchen unter ihrem Kittel, schloss fest die Finger darum. So ging sie auf das Haus zu.

Je näher sie kam, desto deutlicher hörte sie Singen. Ein Lied, das sie noch nie gehört hatte und das ihr doch irgendwie so vertraut war, als habe es ihr ganzes Leben begleitet.

In der offenen Tür blieb sie stehen. In der Mitte des Raumes sah sie das große Feuer, das in hellen Flammen emporschlug, und die weißen Gestalten, die bewegungslos um dieses Feuer herum am Boden saßen.

»Komm näher!«, sagte eine von ihnen. Das Singen verstummte.

Mara trat auf das Feuer zu. Noch konnte sie nur ahnen, dass dies die weisen Frauen waren, konnte die Gesichter nicht sehen, die verborgen waren durch die weißen Tücher, die locker und fließend von den Häuptern der Gestalten bis zum Boden fielen. Sie schlug die Augen aus Ehrfurcht nieder. Gab es nicht Gesichter, die so heilig waren, dass bei ihrem Anblick einem gewöhnlichen Menschen das Blut in den Adern gerann?

»Hebe deinen Kopf!«, sagte die Stimme.

Mara gehorchte. Aber die Augen hob sie nicht.

Langes Schweigen. Dann sagte die Stimme: »Du bist nicht, was du scheinst!«

Mara konnte ihr Beben nicht beherrschen.

»Was führt dich hierher?«

»Ich«, Mara stotterte, »ich habe von dem Heiligen Berg gehört und von der Weisheit der neun weisen Frauen und da habe ich gedacht ...« Sie brach ab, setzte dann tonlos hinzu: »Es war meine letzte Hoffnung. Hätte ich nicht kommen dürfen?«

»Du hast mich noch immer nicht angesehen«, sagte die Stimme freundlich.

Mara blickte auf. Sah in das vom Feuer beschienene Gesicht der Frau, die mit ihr sprach. Ein Gesicht, nicht jung und nicht alt, mit klaren Augen und einem ruhigen, offenen Blick, der den ihren festhielt und nicht losließ, bis sie verstanden hatte, was er ihr sagte: Sie brauchte sich nicht zu fürchten.

»Setz dich her ans Feuer, meine Tochter«, sagte die Frau, »und dann erzähle uns, was du zu erzählen hast.«

Mara redete und redete, die Worte brachen aus ihr hervor. Es war so gut, endlich zu sprechen und gehört zu werden. Sie erzählte von der Insel im See und von Camos, von dem gefesselten Riesen und dem Seeungeheuer, von dem zurückgewiesenen Opfer, von dem Sturm und der Bedrohung der Insel, von den Geistern der Tiefe und ihrer Gier nach dem Leben eines Kindes. Und dann erzählte sie davon, dass ihr Onkel die Geister der Tiefe mit einem Opfer besänftigen wollte. Schließlich stockte sie: »Ich darf nicht weitersprechen, ich hätte es nicht hören dürfen, mein Onkel hat jeden verflucht, der darüber spricht ...«

»Du musst nicht weitersprechen«, sagte die Frau ruhig. »Ich habe verstanden, was du mir mitteilen willst. Ich habe verstanden, welchen Vorsatz dein Onkel gefasst hat in der Stunde der höchsten Verzweiflung.« Sie machte eine Pause, dann fragte sie sanft: »Ist es – dein Bruder?«

»Mein Vetter!«, sagte Mara und weinte. Es tat gut zu weinen.

»Gibt es denn gar keine Rettung?«, fragte sie schließlich unter Tränen.

Die Frau antwortete nicht, sondern fragte nach langem Schweigen: »Hast du etwas bemerkt, als du hier auf den Heiligen Berg gekommen bist?«

»Die weißen Vögel, sie flogen heran und ließen sich am Wasserloch nieder«, erwiderte Mara, und dann mit einem Beben in der Stimme: »Mir war, als würden sie mich rufen.«

»Rufen?«, wiederholte die Stimme in einem Ton, den Mara nicht zu deuten wusste. Sie hob den Kopf und sah den Blick, den die Frau mit den anderen Frauen tauschte, einen Blick voller Bedeutung und Einverständnis.

»Ich habe seit Langem gewusst, dass dieser Augenblick kommen würde«, sagte die Frau langsam. »Die Zeichen haben sich gemehrt, dass die Zeit dafür reif ist.« Dann nickte sie Mara zu: »Ich will dir eine Geschichte erzählen.

Vor langer Zeit entbrannte der Lichtgott in Liebe zu einer irdischen Jungfrau, die über alle Maßen schön war. Darum nahm Er menschliche Gestalt an und wurde ein Jüngling mit blondem Haar und strahlendem Gesicht und schlug Seinen blauen sternenbesäten Mantel um sie und machte sie zu Seiner Frau. Als aber die Zeit kam, dass Er sie wieder verlassen musste, weinte sie und flehte Ihn an um ein Zeichen Seiner Gegenwart. Da schuf Er aus Goldblech einen Kegel und schmückte ihn mit magischen Bildern und schwor, gegenwärtig zu sein und gnädig Sein Ohr zu leihen, wenn Er angerufen werde im Angesicht dieses goldenen Kegels. Danach aber solle der Kegel für alle Zeiten in den Schoß der Erde versenkt werden.

Nach Jahren bedrohten Feinde den Berg, auf dem die Frau mit ihrer Sippe lebte. Da hieß sie ihre Brüder den Goldkegel auf die Spitze eines Pfahls stecken und einen Stier opfern und ein Feuer entzünden und rief ihren Gott und Gemahl an. Und Er nahm die Gestalt eines Feuer speienden Stieres an und brach herab unter die Feinde und vernichtete sie. Die Frau aber vergrub den Goldkegel, wie Er es sie geheißen hatte.

Einer der Brüder aber war ein Goldschmied und dieser hatte sich voller Ehrfurcht die magischen Zeichen gemerkt. Als nun wieder eine Zeit der Not herbeikam, schuf er den Kegel neu und dieser neue erwies sich so mächtig im Herbeirufen der göttlichen Hilfe wie der echte.

Als auch dieser goldene Kegel der Erde anheimgegeben war, lehrte der Goldschmied sein Geheimnis seinem Schüler. Und dieser wieder dem seinen. So wurde das Wissen weitergegeben Generation um Generation und niemals versagte seine Kraft. Immer aber wurde es mit Sorgfalt und heiliger Scheu gehütet.«

Die Frau schwieg.

Mara wartete. Ganz ruhig war sie geworden, während sie dieser Stimme gelauscht hatte. Plötzlich schien nichts mehr sie zu drängen, keine Angst sie mehr zu quälen, keine Sorge voranzutreiben.

Endlich sprach die Stimme weiter: »*So kam das geheime Wissen an einen Weisen, der es nicht einem einzigen Schüler anvertraute, sondern dreien, die er jeden liebte wie seinen Sohn. Und jedem gab er einen Teil seines Wissens, sodass nur sie gemeinsam das Ganze wüssten und nur gemeinsam darüber entscheiden könnten, ob die Not so groß sei, dass der Gott angerufen werden dürfe.*«

Wieder machte die Frau eine Pause, dann sagte sie mit veränderter Stimme: »Ich frage euch, meine Schwestern: Ist dieses Mädchen die, auf die wir warten?«

»Sie hat den Ruf der heiligen Schwäne vernommen«, erwiderte eine Stimme.

»Sie hat den goldenen Wagen gesehen und war geblendet vom Licht«, sagte eine andere, die Mara wiedererkannte als die, welche sie auf der Wiese angesprochen hatte.

Und dann erklärten viele Stimmen auf einmal: »Sie ist es.«

»Höre, meine Tochter«, sagte die erste der Frauen nun bestimmt: »Wir spüren seit Langem, wie die Macht der Geister der Tiefe mehr und mehr zunimmt, wie sie die Gewalten entfesseln, die Wasser steigen lassen und Land und Leben bedrohen. Darum sind wir übereingekommen, dass es an der Zeit ist, den großen Gott gegen die Geister der Tiefe zu Hilfe zu rufen. Doch wir alleine können es nicht tun. Nun scheint es, aus Gründen, die mir im Dunkeln verborgen sind, dass du auserwählt bist, den ersten Schritt hierfür zu tun. Ich will dir den Namen sagen, den einzigen, den ich weiß, den Namen eines der drei Schüler des letzten um das Geheimnis wissenden Meisters. Eos heißt er und ist Bronzeschmied in der Gelbosburg. Suche ihn und sage ihm, dass wir dich zu ihm senden. Und überzeuge ihn. Und dann gewinne mit ihm die beiden anderen, die nötig sind, damit aus Stückwerk ein Bild wird und der Kegel geschaffen werden kann, mit dem die Hilfe unseres großen Gottes anzurufen ist. Hier bei uns und bei dir an deinem See!«

»Ich?«, fragte Mara ungläubig.

»Ja. Du!«, erwiderte die Frau sehr bestimmt. »Und sei gewiss: Wenn dies gelingt, dann wird den Geistern der Tiefe kein Opfer dargebracht werden müssen. Denn das Licht siegt über die Finsternis wie die Liebe über den Hass.«

Da kniete Mara vor der Frau nieder und küsste ihre Hände.

Die Frau ließ es geschehen, doch dann zog sie ihre Hände zurück und legte sie sanft auf Maras Kopf: »Einen weiten Weg hast du hinter dir. Einen noch weiteren vor dir. Viel wird von dir verlangt werden. Verliere nicht den Mut und vergiss nie, was es gilt. Und – bis wir uns wiedersehen – lass dein Haar wachsen!«

Mara spürte, wie sie errötete. Erst langsam begriff sie den ganzen Sinn der Worte. Sie hob den Kopf und fragte leise: »Bis wir uns wiedersehen?«

Die Frau lächelte ein sehr ernstes Lächeln: »Jede, die den Ruf der heiligen Schwäne gehört hat, kommt noch einmal hierher zurück.«

Ianos blieb stehen, machte Mara ein Zeichen, hob lauschend den Kopf.

Was hat er?, dachte sie. Sie hörte das Rauschen des Regens, das einförmige Trommeln der Tropfen auf den Blättern der Bäume, auf ihrem Binsenhut, ihrem Umhang aus Kalbshaut, das Platschen auf den großen Pfützen am Boden. Sonst hörte sie nichts.

Ianos kniete sich auf den nassen Weg und drückte ein Ohr auf die Erde. Dann stand er wieder auf, fasste Mara an der Hand und zog sie wortlos durchs Gebüsch in den Wald, sah sich suchend um, erblickte einen umgestürzten, mit Moos überwachsenen Baum und duckte sich dahinter, bedeutete ihr, das Gleiche zu tun.

»Was ist?«, flüsterte sie.

Er legte einen Finger an die Lippen. »Reiter«, flüsterte er kaum hörbar, »viele Reiter.«

Sie warteten. Endlich hörte sie es auch. Und dann sah sie

durch die Zweige des Gebüschs die Reiter näher kommen. Ihr Atem stockte. Vorneweg ritt ein sehr großer Mann mit einem Brustpanzer aus Bronze und einem Helm, wie Mara ihn sich nie hätte vorstellen können: einer hohen, dicht an dicht mit den Stoßzähnen vieler Eber besetzten Lederkappe. So wild und gefährlich sah der Anführer mit diesem Helm aus! Ihm folgte eine große Gruppe von mit Lanzen und Schwertern bewaffneten Reitern und dann kam eine nicht enden wollende Schar von zu Fuß marschierenden Bogenschützen und Lanzenträgern und schließlich noch einmal Reiter.

Lange noch blieben sie in ihrem Versteck, bis Ianos aufstand und sagte: »Gehen wir! Aber wir müssen auf der Hut sein. Vielleicht war das eben Hessos. Vielleicht auch ein anderer Herr mit seinen Kriegern. Wie auch immer – keinem von diesen dürfen wir begegnen.« Er schüttelte die Regentropfen von seinem Umhang und fügte leise hinzu: »So viele Krieger. Das bedeutet nie etwas Gutes.«

Sie wanderten weiter im Regen durch den Wald. Mara schien es, als habe sie nie in ihrem Leben etwas anderes getan als durch Wald zu laufen, als werde sie nie wieder etwas anderes tun.

Wie Ianos den Weg fand, blieb ihr unbegreiflich. Aber er hatte nur genickt, als sie ihn gefragt hatte, ob er sie zur Gelbosburg führen könne. Sie war dankbar, dass er ihr keine Fragen gestellt hatte, nachdem sie vom Heiligen Berg zurückgekommen war. Sie hätte einfach nicht darüber sprechen können.

Ianos drehte sich zu ihr um. »Riechst du das auch?«, fragte

er. Ja, er hatte recht, ein merkwürdiger Geruch hing in der Luft. Wie Rauch.

Der Weg führte auf eine große Lichtung. Sie traten hinaus und erstarrten.

Verbrannte Erde. Niedergetrampelte Felder, verkohltes Getreide, vor der Ernte vernichtet, und mitten in dieser von Asche bedeckten Landschaft die Reste eines Dorfes: schwarze Pfosten nur noch, wo Häuser gestanden hatten, kahle Gerippe, durch die der Regen auf Berge von verkohltem Holz und Asche strömte. Kein Mensch, kein einziger Mensch, kein Rind, kein Schwein, kein Pferd, kein Schaf und keine Ziege, nur ein einzelner magerer, struppiger Hund, der winselnd um die Trümmer eines verkohlten Gebäudes strich.

Willenlos ließ sich Mara von Ianos auf dem Weg durch diese schwarze Wüste ziehen.

Sie sprachen nicht darüber. Als könnten sie es durch Schweigen ungeschehen machen.

Aber das Bild fraß sich in Maras Gedächtnis und blieb darin haften für immer.

Am späten Nachmittag verließ der Weg den Wald. Ianos zeigte auf den unbewaldeten Berg, der sich wie ein Kegel vor ihnen erhob, am Fuß breit und mächtig, sich nach oben bis zu einer Einschnürung gleichmäßig verjüngend und dann steil zu einer Kuppe ansteigend, um deren Rand sich eine Mauer zog. »Die Gelbosburg!«, sagte er. »Schaffst du es noch bis zum Abend da hinauf?«

Sie nickte. Sie wäre weitergegangen, und wenn es die ganze

Nacht gedauert hätte! Dort oben auf dem Berg wohnte Eos, der Eos, von dessen Hilfe Litos' Leben abhing!

Der Aufstieg war lang. Sie begegneten keinem Menschen. Bei jedem Schritt wuchs Maras Beklemmung. Etwas stimmte hier nicht, sie spürte es. Sie suchte das Lederbeutelchen unter ihrem Kittel, hielt sich daran fest.

Der Himmel war dunkel. Aus dichten Wolken regnete es in Strömen. Obwohl noch nicht Nacht war, konnte man kaum mehr etwas erkennen.

Sie erreichten den Absatz, der sich wie ein Ring um den Berg zog, begannen den Steilaufstieg zu seiner Kuppe. Sahen die Mauer – oder das, was von ihr übrig geblieben war: Auf langer Strecke war sie eingestürzt, zusammengefallen über den verkohlten Resten der starken Pfosten und Balken, welche das aus Bruchsteinen aufgeschichtete Mauerwerk gehalten hatten. Steine waren den Abhang heruntergerutscht, dazwischen ragten als schwarze Stummel verbrannte Hölzer.

Das Tor in der Mauer war ein gähnendes Loch.

Über schwarze Trümmer stiegen sie hinweg, erreichten die Burgfläche, blieben stehen, überblickten das weiträumige Dreieck, sahen überall das nun schon auf schreckliche Art vertraute Bild: Verwüstung, Raub der Flammen.

Nicht eines der vielen Häuser, die hier einmal gestanden haben mussten, war vom Feuer verschont geblieben.

Ianos begann erbittert vor sich hin zu fluchen. Mara hörte nicht auf ihn. Sie stand einfach da und konnte nicht einmal weinen.

Ianos schob sie an den Schultern zum Tor zurück, drückte

sie in einen Winkel, in dem sie halbwegs vor Wind und Regen geschützt war, packte seinen Beutel aus, brach ihr ein Stück von dem Brot ab, das die Bauern ihnen mit auf den Weg gegeben hatten.

Sie nahm es nicht, dankte nicht, lehnte es nicht einmal ab.

Sie war am Ende.

Es gab keine Hoffnung mehr. Eos war tot. Es gab den Bronzeschmied nicht mehr, den einen der drei Schüler des Meisters, welche die Teile des Geheimnisses kannten. Nie würde sie den Auftrag der Frau vom Heiligen Berg erfüllen können. Nie würde sie Litos retten können.

»Was sucht ihr beide denn hier?«, fragte eine merkwürdig gebrochene Stimme.

Mara fuhr herum. Im Dunkel stand eine Gestalt, schmal und gebeugt. Das Gesicht konnte Mara nicht erkennen, doch es musste eine alte Frau sein.

»Ich wusste nicht«, stammelte Mara, »ich dachte, hier würde keiner mehr leben!«

»Hier lebt auch keiner mehr außer mir. Und bald werde auch ich nicht mehr leben. Wenn meine Klage verstummt ist, wird nur noch der Wind weinen in der Gelbosburg.«

»Wer hat sie zerstört?«, fragte Ianos.

»Hessos. Wer sonst!«

»Und die Menschen?«, drängte Ianos weiter.

»Tot. Alle tot. Oder verschleppt.«

»Verschleppt?« Jetzt sprang Mara vor und griff nach der Hand der Frau. »Eos? Kennst du Eos, den Schmied? Weißt du, was mit ihm ist?«

»Eos, der Schmied. Wer kannte ihn nicht! Auch Hessos kannte ihn.« Die Frau verstummte.

»Bitte«, flehte Mara, »so sprich doch weiter! Sag uns, was mit Eos ist!«

»Hessos hat ihn gefangen genommen. Nach einem so geschickten Schmied wie Eos verlangt es jeden Herrn!«

»Du meinst«, rief Mara aus, »du meinst, er lebt noch?«

»Er lebte, als er die Burg verließ, mit gefesselten Händen und einem Strick um den Hals. Hessos wird ihn zwingen für sich zu arbeiten. Wenn er noch lebt.«

»Wo, meinst du, wird er gefangen gehalten?«, erkundigte sich Ianos.

Die Frau erwiderte: »Wie soll ich das wissen? In der Hessosburg, würde ich vermuten. Und nun geht, ich bitte euch, geht! Lasst mich allein mit meinen Toten!«

Mara rannte aus dem Torweg und den Berg hinunter, bis sie das Tal erreicht hatte. Hinter sich hörte sie Ianos' Schritte, sein schnelles Atmen. An der Kreuzung am Fuß des Berges ließ sie sich einfach zu Boden fallen.

Ianos kauerte sich neben sie. »Du bist auf der Suche nach diesem Eos, nicht wahr?«, fragte er. »Seinetwegen wolltest du zur Gelbosburg?« Sie nickte.

»Ist es wichtig, dass du ihn findest?«

»Sehr!«

»Wie wichtig?«

»Lebenswichtig. Das Leben von jemandem, den ich sehr liebe, hängt davon ab. Und mehr noch, was ich dir nicht sagen kann.«

»Dann«, erklärte Ianos gelassen, »müssen wir in die Hessosburg!«

Sie sah sein Gesicht nicht, es war schon zu dunkel. Aber seine Stimme gab ihr die Sicherheit, dass er meinte, was er sagte. Und dass er es erfüllen würde.

Für die Nacht fanden sie Aufnahme in einem Bauernhof, den Hessos verschont hatte, weil der Bauer sich rechtzeitig und bedingungslos seinem Schutz unterstellt hatte. Der Bauer hatte dafür fast sein gesamtes Vieh, einen Großteil seiner Vorräte und jeden einzelnen Bronzegegenstand eingebüßt und griff daher hastig nach dem Bronzering, den Mara ihm anbot. »Hätte ich nicht wenigstens zwei Sicheln vergraben, ehe Hessos meinen Hof durchsuchen ließ, hätte ich nicht einmal das Werkzeug für die Ernte!«, erklärte er verbittert. Von ihm erfuhren sie auch, dass Hessos mit seiner Kriegerschar seit Wochen raubend und brandschatzend durch das Land zog – und dass er der meistgehasste Mann weit und breit war.

Am nächsten Mittag erreichten sie den großen langgestreckten Berg, der mit seiner Befestigung die Ebene beherrschte. Über mehrere Gipfel führte sein Höhenzug.

Ianos schaute nachdenklich hinauf: »Da oben ist die Hessosburg. Einmal war ich schon hier. Sie ist größer als jede andere Burg, die ich kenne. Größer selbst als die Callmosburg. Siehst du den vordersten, den östlichen Gipfel? Eine weitläufige und unglaublich menschenreiche Siedlung beherbergt er! Und der zweite, der höhere, ist ebenfalls befestigt und bewohnt, aber dort kenne ich mich gar nicht aus. Ich hoffe, Eos wird in den Bronzeschmieden in der östlichen Siedlung gefangen gehalten, sonst weiß ich auch nicht, wie wir ihn finden sollen!«

»Du meinst, sie lassen uns ein?«

Ianos zuckte die Achseln. »Wir werden sehen!« Dann betrachtete er Mara aufmerksam. »Gib mir dein Messer!«, befahl er.

Sie löste es vom Gürtel und reichte es ihm. Plötzlich musste sie lächeln: »Wenn man bedenkt, dass unsere Bekanntschaft mit diesem Messer angefangen hat!«

Ianos spottete: »Das nächste Mal überlege ich es mir zweimal, bevor ich ein Messer stehle – bei den Folgen!« Er lachte und ließ das Messer in seiner Tasche verschwinden. »Und jetzt deinen Gürtel!«

Zögernd öffnete Mara die schöne geschnitzte Schließe aus Hirschgeweih und gab Ianos den Ledergürtel. »Warum?«, fragte sie verständnislos.

Er knüpfte den Baststrick ab, der seinen eigenen Kittel zusammenhielt, drehte ihn auf und spaltete ihn so in zwei Stränge, gab den einen Mara: »Binde deinen Kittel damit zu! Und jetzt gib mir noch deine Bronzenadel, mit der du deinen Umhang festgesteckt hast, knote ihn einfach zusammen, wie ich das auch mache. Ja. So siehst du schon besser aus!« Ianos steckte die Sachen in seinen Beutel und betrachtete Mara zufrieden.

Erklärend fügte er hinzu: »So glaubt man dir schon eher den armen Jungen. Und jetzt merke dir eines: Überlass das Reden mir!« Als er ihr noch immer ratloses Gesicht sah, grinste er: »Ich habe nämlich schon längere Übung im Lügen als du!«

Der Aufstieg war lang. Eine Schafherde weidete am Hang. Ianos verließ den Weg und ging, gefolgt von Mara, zu dem Hirten hinüber, versuchte ein Gespräch mit ihm anzufangen. Doch der Mann behandelte ihn so abweisend, dass er es wieder aufgab.

»Warum tust du das?«, fragte Mara, als sie den Weg wieder erreicht hatten.

»Tu mir den Gefallen und stell keine Fragen, ja?«, erwiderte Ianos gereizt.

Gelegentlich kamen ihnen Menschen entgegen, Frauen, Kinder, Männer. In jedem Gesicht schien Ianos etwas zu suchen, doch nie etwas zu finden. Obwohl er schwieg und gleichmäßig bergan stieg, spürte Mara, dass er immer gereizter wurde. Schließlich blieb er stehen und sah zurück. Sein Blick blieb an dem Ochsenkarren hängen, der sich langsam den Berg heraufquälte. Zwei mit Körben beladene Männer gingen neben ihm her. »Auf die warten wir!«, bestimmte er.

Mara schwieg. Was hatte das alles für einen Sinn? Und wie sollte es überhaupt gelingen, in diese Burg hineinzukommen, die doch sicher streng bewacht wurde, da der Burgherr sich auf Kriegszug befand? Trotzdem, gegen alle Vernunft, vertraute sie darauf, dass Ianos es schaffen würde.

Und er schaffte es! Er erzählte dem Mann, der den Ochsenkarren führte, eine haarsträubende Lügengeschichte und bot ihm einen Bronzering an, wenn er Mara und ihn einen Korb tragen lasse und sie beide als seine Knechte mit in die Burg nehme. Jeder Schritt wurde Mara schwer auf dem Weg, der an der hohen Mauer aus Bruchsteinen und Holzverstrebungen entlang auf das Tor zuführte. Es war nicht nur die Last des Korbes, die ihr den Atem nahm. Doch der Wächter öffnete ihnen das Tor und ließ sie durch, sie nur mit einem gleichgültigen Blick streifend.

Als sie das Tor hinter sich gelassen, ihre Last abgegeben und den leicht ansteigenden Weg bis zu dem großen Platz auf der Höhe zurückgelegt hatten, von dem aus man nach allen Seiten locker verstreut Gehöfte und Häuser liegen sah, umarmte Mara Ianos stürmisch und sagte: »Du bist großartig!«

Ianos wand sich aus ihren Armen und trat einen Schritt zurück. »He, Mädchen, lass das!«, sagte er leise und blickte mit merkwürdig ausdruckslosem Gesicht an ihr vorbei.

»Mädchen« hatte er sie noch nie genannt. Mara spürte, wie sie rot wurde. »Ich wollte nicht …«, murmelte sie.

»Komm«, erwiderte er rau, »suchen wir deinen Eos! Fangen wir mit den Schmiedewerkstätten an, davon muss es hier mehrere geben, das weiß ich von meinem letzten Besuch!«

Scheinbar ziellos schlenderten sie durch die große Siedlung, schauten jedes Haus und jede Hütte daraufhin an, ob es eine Werkstatt sein könnte. Da hörte Mara hinter einem der Zäune einen regelmäßig sich wiederholenden hohen, hellen Ton. Einen Ton, den sie kannte. Genau so hatte es geklungen, wenn ihr Vater mit dem Hammer Bronzeblech getrieben hatte.

»Da muss es sein!«, erklärte sie und ging auf den Zaun zu.

»Warte!«, bat Ianos, holte die Bronzenadel hervor, verbog

sie, bis sie krumm wie ein Haken war, und behielt sie in der Hand. »So!«

Im Tor blieb Mara ungläubig stehen. Bisher hatte sie nur die kleine Werkstatt ihres Vaters gekannt. Aber hier! Mehrere Hütten, Häuser und Unterstände umgaben einen großen Hof. Unter den Dächern sah sie die niedrigen halb offenen Öfen zum Bronzeschmelzen und die mit Sand gefüllten Kästen, in denen die Formen für den Bronzeguss eingegraben wurden. Und überall arbeitende Männer. Männer, die den Blasebalg traten und Feuer in Gang hielten; Männer, die mit Zangen aus grünem Holz Tontiegel über die Glut hielten, in denen sie zerstückelte Altbronzeteile zum Schmelzen brachten; Männer, die Tonformen für den Guss von Schmuckstücken herstellten oder Steinformen mit flüssiger Bronze füllten, um Werkzeuge oder Waffen zu gießen.

Mara war ratlos: Wie sollte sie unter all diesen Männern Eos finden, ohne durch Fragen Misstrauen zu erwecken? Woran sollte sie ihn erkennen? Oder würde er gefesselt sein? Aber nein – einen Bronzeschmied zu fesseln hätte ja wohl keinen Sinn, oder? Schließlich müsste er doch über Werkzeug verfügen, mit dem er sich befreien könnte! Ob er ständig bewacht wurde?

Zögernd ging sie von Platz zu Platz, forschte in jedem Gesicht, traute sich keinen der Männer anzusprechen. Niemand beachtete sie. Doch dann fragte einer: »He, was wollt ihr hier? Was treibt ihr beide euch herum, wo ihr nichts verloren habt!«

»Wir wollten fragen, ob uns jemand das reparieren kann«, sagte Ianos schnell und zeigte auf die verbogene Nadel.

»Geht da in die Hütte!«, war die Antwort.

Sie schauten zur Tür hinein, sahen zwei Männer an dicken Baumstrünken sitzen, in die jeweils ein Bronzeamboss eingelassen war, und Schmuckstücke ausarbeiten. Mara überlegte, dann schüttelte sie den Kopf. »Gebt mir ein Zeichen«, flehte sie im Stillen die Frauen des Heiligen Berges an. Sie verließ die Hütte und ging langsam auf die nächste zu.

Ein Mann trat eben aus deren Tür, wandte sich noch einmal zurück und rief über die Schulter: »Also bis morgen, Eos! Sieh zu, dass du fertig bist!«, ging weg.

Das war es, das Zeichen. Mara stieß ein kurzes Dankgebet aus, tauschte einen Blick mit Ianos, betrat die Hütte.

Nur ein einziger Mann saß darin, über den Amboss gebeugt. Mit vorsichtigen Schlägen hämmerte er ein Muster in ein Bronzeblech. Durch die Tür fiel das Tageslicht auf ihn. Er sah aus, als habe er alles um sich herum vergessen, und doch war sein Gesicht von Schmerzen gezeichnet.

Mara trat näher. Ihr Schatten fiel auf seine Arbeit. Er blickte auf.

»Eos!«, sagte Mara leise.

Flüchtig sah er sie an. Doch plötzlich fasste sein Blick, weiteten sich seine Augen. Er forschte in ihrem Gesicht, als suche er etwas darin, wovon er selbst noch nicht wisse, was es sei.

»Wer bist du?«, fragte er, sie nicht aus den Augen lassend.

Mara reckte ihr Kinn. »Damit du es gleich weißt, ich bin ein Mädchen! Mara heiße ich, doch jetzt nenne ich mich Maros. Und das hier ist Ianos. Ich war bei den Frauen am Heiligen Berg und sie haben mir gesagt, ich solle dich suchen und dir meine Erlebnisse erzählen und dir sagen, die Zeit sei reif. Wir waren bei der Gelbosburg, aber wir wussten nicht …« Sie verstummte.

Er fasste sie am Ärmel: »Wie sieht es dort aus? Und – lebt noch jemand?«

Sie brachte es nicht fertig, zu antworten. Ianos tat es für sie: »Alles zerstört und verbrannt. Nur eine alte Frau lebt noch dort – noch.«

Eos stöhnte auf.

»Eos?«, fragte Ianos. »Kannst du nicht fliehen? Können wir dir dabei helfen?«

»Fliehen?«, wiederholte der Mann bitter. »Nein, das kann ich nicht. Auch nicht mit eurer Hilfe. Ich kann keinen Schritt mehr machen, nicht einmal mich von diesem Hocker erheben. Hessos hat mich gelähmt. Er hat mir die Sehnen an den Beinen zertrennt!«

Mara schrie auf. Tränen des Mitleids und des Zorns traten in ihre Augen.

»Lass, Kind«, sagte Eos. »Wiederhole mir, was die Frauen des Heiligen Berges gesagt haben!«

»Sie haben gesagt, es sei an der Zeit, dass die Hilfe des großen Gottes gegen die Geister der Tiefe angerufen werde. Schon lange mehrten sich die Zeichen, haben sie gesagt. Ich soll dir meine Erlebnisse erzählen und dich überzeugen und mit dir die beiden anderen gewinnen, die mit dir den goldenen Kegel schmieden können. Aber sie wussten nicht, dass du …«

»Und was hast du erlebt?«, fragte er ruhig.

Sie holte tief Luft. Wie sollte sie beginnen? Es war so viel. Und so wichtig, die richtigen Worte zu finden, sie sollte ihn doch überzeugen!

»Unser Dorf«, begann sie, »liegt auf einer kleinen Insel im See, aber früher einmal war es gar keine Insel, sondern Land, doch der See, er steigt immer weiter, und mein Vater, er war ein sehr weiser Mann, er hatte die Weihen und war ein Bronzeschmied wie du, er wusste die Götter zu versöhnen, solange er noch lebte, da ist der Rauch des Opferfeuers zum Himmel aufgestiegen, aber seit er tot ist …«

»Dein Vater?«, fragte Eos und ein seltsames Drängen war in seiner Stimme: »Wer war dein Vater?«

»Riacos«, erwiderte sie.

»Riacos? So bist du die Tochter von Riacos? Ich hätte es wissen müssen! O ja, ich habe es gespürt, in dem Augenblick, als ich dich sah! Und er ist tot? Du sagst, er ist tot?«

Sie nickte, sah ihn stumm und fassungslos an.

Er schlug die Hände vors Gesicht. »Riacos tot«, wiederholte er schwer. Dann nahm er die Hände herunter, wandte sich ab, sah ins Feuer. Nach langer Zeit erst drehte er sich wieder zu ihr und fragte: »Hatte er einen Gehilfen? Einen Schüler? Einen Vertrauten?«

Sie schüttelte den Kopf.

Er sprach tonlos: »So ist alles zu spät. So werden wir nie mehr die Hilfe des großen Gottes anrufen können.«

»Warum?«, brach es aus Mara hervor.

Er antwortete nicht.

Sie fasste seine Schultern, rüttelte ihn: »Warum kannst du das nicht?«, schrie sie.

»Weil ich den goldenen Kegel niemals ohne ihn werde herstellen können. Weil Riacos, dein Vater, einer von uns dreien war.«

»Lass mich!«

Mit einer heftigen Bewegung schüttelte Mara die Hand von Ianos ab. Noch immer lag sie zusammengekrümmt, wie ein Igel eingerollt, unter dem auf Pfosten stehenden Speicher an der steinernen Innenmauer des Walls. An diese geschützte Stelle hatte Ianos sie gebracht. Willenlos hatte sie sich hinter ihm herziehen lassen, nachdem ein Herr in die Werkstatt von Eos getreten war und Eos ihnen mit den Augen bedeutet hatte zu schweigen und zu verschwinden. Nein, nicht ihnen hatte er es bedeutet, sondern allein Ianos. Sie war nicht fähig gewesen, irgendeine Botschaft aufzunehmen, nicht nach diesen letzten Worten von Eos: »Weil Riacos, dein Vater, einer von uns dreien war.«

So nahe war sie am Ziel gewesen. Das Tor zur Rettung hatte sich schon geöffnet. Und nun war es zugeschlagen. Zugeschlagen für immer.

Litos würde sterben.

Und für wie lange würden sich die Geister der Tiefe mit diesem Opfer besänftigen lassen? Wann würden sie das nächste, noch größere fordern? Wann würden sie das Seeungeheuer loslassen, damit es das Dorf und die Insel und sie alle verschlang?

»O Vater, warum musstest du sterben! Warum bist du bei dem Gewitter auf die Palisade! Warum hast du niemandem dein Wissen anvertraut!«

Ihr Vater, einer der Drei.

Ihre Finger verkrampften sich um das Lederbeutelchen mit dem Andenken an den Vater, bis sie schmerzten.

»Mara!« Ianos kniete neben ihr. »Steh auf! Ich habe Eos versprochen, dass ich dich zu ihm bringe, er will mit dir reden. Nun komm doch, bevor die Nacht vorbei ist und die Gelegenheit vertan!«

Sie regte sich nicht.

Er rüttelte sie. »Mara!« Jetzt sprach er zornig, schrie beinahe: »Glaubst du, ich habe mit dir diesen ganzen weiten Weg gemacht, dich in die Hessosburg gebracht, Eos gesucht, nur damit du dich hier wie ein verletzter Hund verkriechst und deine Wunden leckst? Du hast mich nicht eingeweiht in das, worum es geht. Aber ich habe begriffen, dass es wichtig ist. Und dieser Eos scheint ein weiser Mann zu sein. Vielleicht kann er dir raten. Du kommst jetzt mit zu ihm oder ich prügele dich hin!«

Er riss sie hoch, zog sie unter dem Speicher hervor, packte grob ihre Hand, zerrte sie hinter sich her. Stolpernd folgte sie ihm in die Finsternis der Nacht.

Irgendwie fand er zu dem Hof der Bronzeschmiede und zu der kleinen Hütte von Eos.

Das Feuer darin brannte noch und erhellte den Raum. Eos saß noch immer auf seinem Hocker am Amboss, doch er arbeitete nicht, sondern hatte den Kopf in die Hände gestützt und sah ins Feuer. Als Mara und Ianos eintraten, blickte er auf, nickte ihnen zu und lud sie mit einer Handbewegung ein, sich an der Feuerstelle niederzulassen.

Sie schwiegen lange. »Du wolltest mir erzählen, was du erlebt hast, Mara«, sagte Eos schließlich, beugte sich vor und strich ihr leicht über das Haar.

Sie sah ihn an, sah in ein ruhiges Gesicht und in Augen, die ihr sagten, dass es jetzt in diesem Augenblick nichts Wichtigeres auf der Welt gäbe als sie, Mara, und ihre Erlebnisse.

Diesen Blick, ihr Vater hatte ihn gehabt, wenn er mit ihr sprach, und Camos ...

Nein, in der Callmosburg, da hatte er sie ganz anders angesehen. Nein, nicht an Camos denken!

An die Frauen vom Heiligen Berg denken, an ihren Auftrag!

»Nun?«, fragte Eos.

Da erzählte sie, was sie erlebt hatte, erzählte von ihrem Vater und den Geschichten, von der Dorfinsel und vom See, von Camos und allem, was Camos ihr gesagt hatte, von der Opferfeier, dem Sturm und der Nacht im Moor, der Angst vor dem steigenden See und den Geistern der Tiefe, deutete an, was sie über die Opferung von Litos belauscht hatte, und erkannte mit einem Blick in Eos' Gesicht, dass er es verstand wie die Frauen vom Heiligen Berg, ohne dass sie aussprechen musste, was sie nicht aussprechen durfte. Und dann erzählte sie von ihrer Suche nach Camos. Davon, wie Camos sie empfangen hatte, wollte sie nicht erzählen, aber Eos entlockte es ihr mit der Art, wie er zuhörte. Und hatte sie eben noch geglaubt vor Scham sterben zu müssen, wenn sie jemals darüber sprechen würde, so merkte sie plötzlich, dass es ihr leichter wurde dabei. Sie erzählte, wie sie mithilfe von Ianos geflohen sei, und schließlich erzählte sie vom Heiligen Berg. Sie erzählte es Eos und war sich doch bewusst, dass dies alles auch Ianos mit anhörte, aber es machte ihr nichts mehr aus. Die ganze Zeit hielt sie dabei das Lederbeutelchen in ihrer Hand.

Die Werkstatt und die Werkzeuge, die Bronzegegenstände und das Feuer, das Gesicht von Eos und sein Zuhören, alles verschwamm auf einmal vor ihren Augen und es war wieder die Werkstatt ihres Vaters und das Gesicht ihres Vaters.

Sie war daheim.

Da nahm sie die kleine runde Geweihscheibe aus dem Lederbeutelchen, hielt sie ans Feuer und sah darauf.

Sie erschrak nicht, als eine Männerhand die ihre umschloss und zu sich heranzog, als sich das Haupt eines Mannes über ihre Hand und ihr Geheimnis beugte. Und als sie die Worte hörte, da waren sie so selbstverständlich, als wären sie schon immer da gewesen. »Das Sonnenrad. Das Rad des Wagens, den Er fährt. Die Sonne.«

Sie dachte an den goldenen Wagen, den sie auf dem Heiligen Berg gesehen hatte, an seine sich drehenden Räder mit den glitzernden blendenden Speichen, und alles war ganz klar.

Sie nickte, als sie Eos fragen hörte: »Dies hat Riacos geschnitzt, nicht wahr?«

»Es war sein Geheimnis«, erwiderte sie leise. Erst als sie ihren eigenen verklungenen Worten nachlauschte, erschrak sie und sie sah Eos an und fragte atemlos: »War es – das?«

»Ja, Mara, das war es. Dies ist das Zeichen, das unser Meister deinem Vater anvertraut hat als Teil an seinem Wissen. Das Zeichen, das ich kennen muss, um den goldenen Kegel herzustellen. Ein Rad mit acht Speichen, so einfach und klar.«

»Und du meinst, du kannst jetzt ...« Sie wagte nicht weiterzusprechen, sah ihn an, schwankend zwischen Furcht und Hoffnung.

Er wiegte den Kopf. »Es kann nicht alles gewesen sein, dieses Zeichen. Etwas fehlt noch. Erinnere dich, Mara, du musst dich erinnern! Hast du gesehen, wie dein Vater dieses Zeichen geschnitzt hat?«

»Ja. Aber er wusste nicht, dass ich ihn sehe. Und als ich ihn gefragt habe, hat er gesagt, es sei ein Geheimnis, und hat es mir nicht gezeigt. Ich habe es nach seinem Tod gefunden.«

»Hat er gesprochen, als er es schnitzte?«

Gesprochen? Der Vater hatte bei der Arbeit oft leise vor sich hin gesprochen. Aber an diesem Tag?

»Ich weiß nicht«, murmelte sie.

»Doch, Mara, du weißt. Sieh mich an!«

Sie sah in seine Augen. Und es wurden Augen, die ihr zeit

ihres Lebens vertraut gewesen waren. »Du erinnerst dich!«, hörte sie eine beschwörende Stimme.

Da kamen die Worte ihres Vaters wie von selbst über ihre Lippen: »*Am Anfang war das Chaos. Und der Gott der Götter trennte Himmel und Erde und errichtete die Säule, die den Himmel trug, damit Himmel und Erde getrennt blieben. Und fortan gab es drei Welten: den Himmel und die Erde und die Luft dazwischen. Und er zeugte die vier: das Feuer und den Wind und die Sonne und den Mond. Darum ist heilig die Drei und die Vier und die Sieben, die gebildet ist aus ihrer Vereinigung. Und in die Höhe und in die Tiefe und in die Mitte soll klingen das Lob des Gottes der Götter siebenfach.*«

»*Und in die Höhe und in die Tiefe und in die Mitte soll klingen das Lob des Gottes der Götter siebenfach!*«, wiederholte Eos feierlich. Dann fügte er leise hinzu: »Drei mal sieben. Einundzwanzig. Ja. Das ist es. Einundzwanzigmal das heilige Rad!«

Er nahm Maras Hand mit der Scheibe fest in seine Hände, drückte sie, sprach jetzt lauter und sehr erregt: »Das ist es, Mara, begreifst du? Die halbe Nacht, bis du zu mir kamst, habe ich hier gesessen und im Geiste mit Riacos gehadert, ihm die schlimmsten Vorwürfe gemacht, dass er nicht für seinen Tod vorgesorgt, sein Wissen nicht weitergegeben hat. Dass er uns verlassen und mit sich genommen hat, was wir brauchen. Dass er verschuldet hat, wenn wir in der Stunde der Not nicht Gehör finden bei unserem Gott. Und nun schlummerte sein Wissen die ganze Zeit wie ein Samenkorn in seiner Tochter!«

»Heißt das«, stotterte Mara, »heißt das, dass du jetzt weißt, was du von meinem Vater hättest wissen müssen? Dass du jetzt den goldenen Kegel schmieden kannst? Dass der Gott zu Hilfe geholt werden kann? Heißt es das wirklich?«

»Ja, Mara, Tochter des weisen Riacos, das heißt es. Allerdings – eine Bedingung ist noch daran geknüpft, eine Bedingung, die du erfüllen musst, denn ich kann es nicht.«

Ein Jubel war in ihr und sie fühlte sich so stark, dass sie alles schaffen würde, ganz gleich, wie schwer es war. Strahlend fragte sie: »Was ist es? Ich werde es tun!«

»Du musst den Dritten für mich suchen, du weißt, den, der mit Riacos und mir bei unserem Meister eingeweiht wurde. Du musst zu ihm gehen und mit ihm sprechen und ihn bitten zu mir zu kommen. Ich brauche seine Einwilligung und seinen Teil des Wissens, sonst kann ich nichts tun. Und ich brauche seine Hilfe und sein Gold, viel Gold. Es wird schwer sein, dies zu bewerkstelligen, ohne dass Hessos davon erfährt. Ich weiß nicht, wie dies möglich sein soll, aber es muss gelingen. Und diese Dinge – nun, wir können sie getrost ihm überlassen, er ist der rechte Mann dafür. Aber du musst zu ihm gehen!«

»Ja.«

»Versprichst du mir, dass du zu ihm gehst und ihm alles erzählst, alles, ganz gleich, wer er ist?«

Warum fragte er dies noch einmal in so eigenartigem Ton? Sie hatte doch längst zugestimmt!

»Ja«, wiederholte sie. »Ja, das verspreche ich!«

Er nickte. »So gehe zu Camos!«

Sie starrte ihn an.

Ihr Mund öffnete sich, aber sie blieb stumm.

»Nein«, flüsterte sie schließlich, »nicht Camos, sag, dass es nicht Camos ist!«

Aber sie wusste längst die Antwort.

Camos. Natürlich. Das hätte sie doch wissen müssen! Spätestens von dem Augenblick an, als sie gehört hatte, dass ihr Vater einer der Drei war! Hatte sie es nicht in irgendeinem Winkel ihres Geistes längst gewusst und nur nicht wahrhaben wollen?

»Doch, es ist Camos, kein anderer als der Camos, den du zu Hilfe holen wolltest, weil du sehr zu Recht gefühlt hast, dass er dir helfen könne. Und kein anderer als der Camos, der dich so schlecht empfangen hat, dass du vor ihm weggelaufen bist!«, erwiderte Eos.

Nun war sie doch wieder angewiesen auf Camos.

Sie hatte ihn niemals wiedersehen wollen. Sie hatte gemeint, alles würde sie ertragen können, aber das nicht ...

Was hatte die Frau vom Heiligen Berg gesagt? »Viel wird von dir verlangt werden. Verlier nicht den Mut und vergiss nie, was es gilt ...«

»Das kannst du nicht von ihr fordern!«, empörte sich Ianos. »Sie hat genug auf sich genommen, aber das ist zu viel! Ich werde zu Camos gehen und versuchen ihm alles zu erklären!«

Eos sah ihn aufmerksam an. »Du bist ein guter Junge, Ianos, und ich bin sehr froh, dass du an Maras Seite bist. Du musst ihr helfen, ja, du musst ihr den Weg zeigen und sie beschützen und sie zu Camos führen. Das alles kannst und musst du tun. Aber mit Camos reden – das muss Mara selbst! Sie an der Stelle ihres Vaters, als die, die das Vermächtnis von Riacos besitzt.«

Ianos schüttelte den Kopf. »Eos – du warst nicht dabei, als Camos sie zurechtgewiesen hat. Du kannst das nicht verstehen. Aber ich ... Und wenn ich mir vorstelle, dass Camos jetzt auch noch zornig darüber ist, dass sie aus der Callmosburg geflohen ist! Vielleicht bestraft er sie, bevor er sie überhaupt zu Wort kommen lässt! Und sie ist doch ein Mädchen und ...

Da hob Mara den Kopf und sagte: »Lass, Ianos! Eos hat recht. Ich muss es tun!« Und dann reckte sie das Kinn vor und erklärte mit einer Stimme, mit der sie sich selbst Mut zusprach: »Und er wird mir zuhören, was immer auch geschieht, das wird er, und wenn ich ihm ins Gesicht schreien muss!«

Eos lächelte. »Das glaube ich auch. Das wird er. Es wird ihm gar nichts anderes übrig bleiben! Die Tochter von Riacos wird sich schon Gehör verschaffen.« Doch dann legte sich wieder ein Zug von Sorge auf sein Gesicht und er sagte: »Pass auf, Ianos, du machst mir den Eindruck, dass du gut für dich selbst sorgen kannst, und ich glaube dir, dass du auch für Mara sorgen wirst. Aber denke daran, dass Camos sich im Krieg mit Hessos befindet. Und Hessos ist gefährlich. Beweise dafür habt ihr genug gesehen. Also sei auf der Hut! Überlege bei jedem Schritt, dass er euch nicht in die Nähe von Hessos führt!«

Ianos grinste: »Sei unbesorgt. Ich habe mein Leben lang nichts anderes getan, als Fußtritten auszuweichen. Wenn ich sonst nichts kann – das kann ich!«

Und Ianos hielt Wort. Am selben Morgen noch verließ er mit Mara die Hessosburg und machte sich mit ihr auf den Rückweg in seine Heimat. Viele Male bewies er seinen Spürsinn, wenn es galt, den Weg zu finden, anderen Reisenden, Kriegern oder wilden Tieren auszuweichen, ein Nachtquartier oder etwas zu essen zu erhalten, und mehr als einmal half er sich und ihr mit Lügen aus schwierigen Lagen. Über das, was Mara in der Nacht in der Schmiede erzählt hatte, sprach er keinen Ton, rührte mit keinem Wort daran. Dennoch war es Mara, als ob der Blick, mit dem er sie betrachtete, wenn er sich unbeobachtet glaubte, anders sei als zuvor. Sie konnte es nicht erklären, aber er machte sie froh, dieser Blick.

Doch dann, an einem Abend, noch eine gute Tagesstrecke von der Callmosburg entfernt, versagten Ianos' Fähigkeiten. Ihr Weg hatte sie einen Steilhang zu einem Flussufer hinuntergeführt und nun standen sie da, sahen über den Fluss zum jenseitigen Ufer, zu den hohen weißen Felsen, die dort zwischen den Bäumen am Berg herausragten, und überlegten, wie sie über den Fluss kommen sollten.

»Sonst war hier immer ein Floß«, sagte Ianos und sah das Ufer hinauf und hinab.

Da brachen plötzlich Zweige hinter ihnen, Ianos griff nach Maras Hand, duckte sich, doch schon waren sie umringt von Männern und ein Dutzend Lanzenspitzen zeigten auf sie.

»Tut mir leid, Mara. Das war's dann wohl«, murmelte Ianos und in diesem Augenblick, in dem sie merkte, dass Ianos jede Hoffnung und jeden Widerstand aufgegeben hatte, begriff sie, dass ihre Lage aussichtslos war.

Sie wurden mit Stricken gefesselt und abgeführt.

»Wohin bringt ihr uns?«, fragte Mara die Krieger.

»Zu unserem Herrn.«

Hessos, dachte Mara. Und doch war da ein winziger Funken Hoffnung, es könnten nicht die Männer von Hessos sein, denen sie in die Hände gefallen waren.

»Wer ist euer Herr?«, fragte sie.

»Das wirst du früh genug merken!«, war die grimmige Antwort.

»Aber wir sind doch nur zwei Bauernjungen, die eine Bleibe suchen, weil unser Dorf abgebrannt ist. Was will euer Herr mit so jemandem wie uns?«, schaltete sich Ianos ein.

»Halt den Mund, sonst sorg ich dafür, dass du ihn nicht mehr aufmachst!«

Der Weg war lang. Die gefesselten Hände schmerzten. Die Beine wurden müde. Mara stolperte über eine Wurzel, konnte sich ohne den Einsatz ihrer Hände nicht halten, fiel hin. Grob wurde sie wieder auf die Füße gestellt und erhielt einen Stoß in den Rücken. »Weiter!«

Es wurde Nacht.

Sie stiegen einen steilen Hang hinauf, Rauch hing in der Luft, dann sah Mara zwischen den Bäumen schwachen Feuerschein, kurze Rufe wurden getauscht, jemand packte sie, zog sie eine hohe Stufe hinauf und plötzlich stand sie in einer

Höhle. Einer großen Höhle, in deren Mitte ein Feuer brannte, um das herum viele bewaffnete Männer lagerten, aßen und tranken.

Einer von ihnen stand auf und winkte sie zu sich heran. Er war ein Herr, sie sah es, auch wenn sie sein Gesicht und seine Kleidung im Halbdunkel nicht genau erkennen konnte. Aber sie sah den Widerschein des Feuers auf Bronzeschmuck und Bronzewaffen und sie erkannte an der Art, wie er sich bewegte und wie die anderen auf ihn sahen, dass er einer war, der Befehle gab und Gehorsam erhielt.

Hessos!, dachte sie. Eos hat er die Sehnen zerschnitten. Was wird er mit mir tun? Umbringen. Er wird mich umbringen. Und Ianos auch. O Ianos, keine Rettung! Ein solches Ende …

Die Stimme des Herrn war unbewegt: »Ehe meine Männer sich mit euch befassen, will ich wissen, wie ihr heißt, woher ihr kommt und was ihr hier ausspionieren wolltet!«

Ihre Mutter daheim, nun würde sie sie nicht mehr wiedersehen. Und die Frauen am Heiligen Berg, die eine Frau, ihre Hand war so sanft wie die Hand ihrer Mutter …

»Ich heiße Mara«, sagte sie, »Mara wie meine Mutter.«

Sie schloss die Augen. Wenn sie jetzt an ihre Mutter dachte, vielleicht war es dann leichter zu ertragen.

Sie sah nicht den Mann, der sich aus dem Dunkel im Hintergrund der Höhle löste und auf sie zukam. Aber sie hörte seine Stimme: »Das darf doch nicht wahr sein! Überlass sie mir, Bogos!«

Diese Stimme, das konnte doch nicht …? Sie wurde ziemlich heftig an den Schultern gepackt. Sie sah auf. Nicht Hessos.

Camos.

Sie öffnete den Mund. Aber es kam einfach kein Ton heraus.

Camos!

Gerettet! Sie musste nicht sterben!

Sie konnte es nicht fassen. Eben noch schien alles zu spät. Und nun war sie am Ziel!

Jetzt musste sie ihm alles erklären. Aber – er sah so schrecklich aufgebracht aus.

»Mara!« Camos herrschte sie an: »Was treibst du dich hier herum? Überall habe ich nach dir suchen lassen! Auf jedem Weg, in jeder Siedlung, den Fluss hinauf und hinab! Nicht genug, dass du von zu Hause wegläufst, läufst du auch noch vor mir weg! Was bildest du dir eigentlich ein!«

Dass er so böse sein würde …

Aber diesmal würde sie sich nicht so einschüchtern lassen wie in der Callmosburg. Eos hatte verstanden, was sie getan hatte, und die Frauen vom Heiligen Berg hatten es verstanden. Camos musste einfach …

Immer verärgerter fuhr Camos sie weiter an: »Dich werde ich noch zur Rechenschaft ziehen! Als ob ich mit Hessos nicht Schwierigkeiten genug hätte! Während ich mich um dich sorge, spazierst du seelenruhig genau da herum, wo es am allergefährlichsten ist. Seit heute Morgen schon rechnen wir damit, dass Hessos mit seinen Kriegern durch dieses Tal zieht: Wenn ich mir vorstelle, du wärst dem in die Hände gefallen!

Weißt du, was er mit dir gemacht hätte? Hast du überhaupt eine Ahnung, was du tust? Denkst du denn nie nach? Denkst du denn nie an andere?«

Das war ungerecht. Das war einfach ungerecht. Das musste sie sich doch nicht gefallen lassen! Und überhaupt, wie kam er dazu, ihr solche Vorwürfe zu machen, ohne zu wissen, was geschehen war! Er könnte sie wenigstens einmal zu Wort kommen lassen! Das war doch wohl nicht zu viel verlangt!

Sie holte tief Luft. »Also«, begann sie.

Aber Camos beachtete sie nicht mehr. Er hatte sie losgelassen und wandte sich Ianos zu, sah ihn scharf an: »Und du bist es wohl, der Mara aus der Callmosburg geholfen hat. Ein Junge aus meiner Burg hintertreibt meine Befehle! Wendet sich gegen seinen eigenen Herrn! Warst das du? Antworte!«

Ianos nickte. Er schaute zu Boden. Er war sehr blass.

Camos machte einen drohenden Schritt auf Ianos zu. Ianos wich zurück.

Da wurde es ganz heiß in Mara. »So hört mir doch erst einmal zu!«, schrie sie. Sie ballte die Fäuste, dass sich die Fingernägel in die Handflächen bohrten, und schrie noch lauter: »Ihr seid ja so ungerecht! Ihr wisst ja gar nicht, worum es geht! Ja, Ianos hat mir geholfen und die Götter mögen ihn dafür belohnen! Ohne ihn wäre ich nie zum Heiligen Berg gelangt und hätte nie die Weisung der Neun ausführen können und nicht Eos suchen und nicht mit Eos reden! Eos hat gesagt, Ianos soll mich begleiten und mir den Weg zu Euch zeigen! Eos hat gesagt, wir sollen Euch aufsuchen und Euch bitten ihm zu helfen, denn …«

Sie brach ab. Camos hatte ihren Arm ergriffen, starrte sie ungläubig an. »Eos?«, stieß er hervor. »Eos, der Bronzeschmied? Eos aus der Gelbosburg?«

»Ja.«

»Was hast du von Eos gesagt? Wann hast du ihn gesehen? Die Gelbosburg ist doch zerstört! Lebt Eos denn?«

»Eos lebt. Und er schickt mich zu Euch. Ich würde Euch alles erklären, aber Ihr hört mir ja nicht zu! Dabei ist es wichtig! Es geht – es geht nämlich um den goldenen Kegel!«

Er schaute sie noch immer fassungslos an. Dann sagte er bestürzt: »Der goldene Kegel! Eos und die Neun vom Heiligen Berg! Dann muss es wirklich wichtig sein! Wenn Eos und die Neun dich schicken … Himmel, Mara, wie konnte ich so blind sein! Und ich schimpfe hier mit dir wie mit einem ungezogenen Kind. Ich war wohl ziemlich unfreundlich … Ich habe mir wirklich Sorgen um dich gemacht, als du weggelaufen warst und ich dich nirgends finden konnte. Ich habe das Schlimmste für dich befürchtet und mir Vorwürfe gemacht, dass ich mich nicht besser um dich gekümmert habe, und als du eben hier aufgetaucht bist, ich weiß nicht, ob du das verstehen kannst, dass ich da zornig geworden bin … Ach, lassen wir das! Im Augenblick ist es wichtiger, dass ich erfahre, was geschehen ist. Komm, wir gehen etwas beiseite! Setz dich da hin und erzähl alles! Und wenn es die ganze Nacht dauert!«

Und sie erzählte.

Dort vorne ritt Camos. An der Spitze seiner Krieger. Neben Bogos. Camos saß sehr gerade auf seinem Pferd. Sein hoher Helm, sein Schild und die Bronzenieten auf seinem Lederumhang glänzten. Seinen Brustpanzer konnte Mara nicht sehen, ebenso wenig wie sein Gesicht. Aber sie wusste, dieses Gesicht drückte die gleiche Entschlossenheit aus wie seit Tagen. Eine Entschlossenheit, die ihn für sie fremd und unnahbar machte.

Er würde halten, was er geschworen hatte …

Nun ritt sie also doch mit ihm. Fast so, wie sie es sich einmal gewünscht hatte.

Aber es war ganz anders.

Eine steile Falte bildete sich zwischen ihren Augenbrauen. Merkwürdig war das. Einmal hatte sie davon geträumt, ihn begleiten zu dürfen. Dann hatte sie ihm niemals mehr begegnen wollen. Und nun?

Irgendwie war es nicht mehr so wichtig.

Vorbei.

Auch die Wut, die sie auf ihn gehabt hatte. Vorbei seit jener Nacht in der Höhle, als sie ihm alles gesagt hatte.

Jene Nacht in der Höhle: Er hatte ihr endlich zugehört. Ganz der Reihe nach hatte sie erzählt, vom Sonnenfest, von der Nacht im Moor, von den Verwüstungen durch den Sturm und dann von dem, was sie belauscht hatte. Er hatte begriffen, was sie nicht sagen durfte – die drohende Opferung von Litos –, so wie es Eos und die Frauen vom Heiligen Berg begriffen hatten. Er war sehr betroffen gewesen und hatte gesagt, jetzt verstehe er, warum sie ihm gefolgt sei, und es tue ihm leid, dass er es nicht gleich verstanden habe. Er hatte ihr erklärt, dass alles anders gekommen wäre, wenn er nicht gerade Bogos hätte begrüßen müssen, als sie in der Callmosburg aufgetaucht sei. Wären Bogos und der drohende Krieg nicht gewesen, so hätte er sie angehört, hatte er gesagt. Richtig entschuldigt hatte er sich. Vor allem dafür, dass er einfach gedacht habe, sie sei ihm nachgelaufen, weil sie sein Knappe hätte werden wollen.

»Vielleicht ist ja sogar etwas Wahres daran, nicht so richtig, aber eben ein ganz kleines bisschen?«, hatte sie da im Stillen gedacht. Und es war ihr gleich gewesen, denn darauf kam es jetzt nicht mehr an.

Sie hatte weiter berichtet. Mit gespannter Aufmerksamkeit hatte er jedes Wort aufgenommen, als sie geschildert hatte, was sie am Heiligen Berg erlebt hatte. Ohne dass sie fragen musste, hatte sie gespürt: Er war bereit sein Wissen einzusetzen. Er war bereit zu helfen.

Und zum ersten Mal seit dem Sonnenfest hatte sie sich ganz ruhig und sicher gefühlt und gedacht: »Jetzt habe ich es geschafft. Jetzt habe ich wirklich Litos geholfen. Jetzt wird endlich alles gut.«

Aber als sie erzählt hatte, dass Eos von Hessos gefangen genommen und gelähmt worden war, da hatte Camos aufgeschrien, war aufgesprungen und hatte Bogos und die Krieger herbeigerufen. Und dann hatte er, die Hand auf dem Schwertknauf, jenen Schwur getan, den zu erfüllen er sich nun anschickte: Hessos zu töten und Eos zu befreien.

Von diesem Augenblick an erfüllte sie neue Unruhe: Wenn es nun nicht gelang? Wenn Camos etwas dabei zustieß? Oder Eos? Es war nicht mehr viel Zeit. Wenn es nun zu spät sein würde, zu spät für das herannahende Opferfest zur Tagundnachtgleiche – zu spät für Litos?

Dachte Camos überhaupt daran? Dachte er nicht nur noch an Hessos? Sie hatte ihn nicht mehr danach fragen können. Es gab keine einzige Gelegenheit mehr zu einem vertrauten Gespräch. Er war nur wenige Schritte von ihr entfernt – und dennoch unerreichbar. Er war der Heerführer, der Befehlshaber dieses Kriegszuges. Stets war er mit Bogos und den Vorkämpfern zusammen und stets sprachen sie davon, wie sie Hessos überwinden könnten.

Es war nicht mehr weit bis zur Hessosburg.

Die Pferde liefen in gleichmäßig wiegendem Schritt. Mara machte die Augen zu. Sie war so müde.

Seit Tagen kam sie kaum vom Pferd. Unablässig verfolgten sie Hessos. Einmal hatten sie ihn beinahe gefasst, hatten den

Großteil seiner Krieger besiegt, er selbst aber war entkommen.

Ihr Kopf sank gegen die Schulter des Mannes, hinter dem sie auf dem Pferd saß, an dem sie sich festhielt. Unwillig schüttelte er sich, damit sie sich wieder aufrichtete.

Sie seufzte.

Wie ahnungslos war sie gewesen, als sie sich gewünscht hatte Camos zu begleiten!

Sie hatte geglaubt, es würde so sein wie damals daheim: Sie würde ihn bedienen, er würde die Geschichten erzählen und sie würde ihm zuhören.

Sie hatte nicht gewusst, dass er Krieg führen würde. Und was das bedeutete.

Camos und Bogos an der Spitze der Reiterschar zügelten ihre Pferde, wandten sich zu den Männern um. Sofort hielten alle an.

Camos hob den Arm. »Bald haben wir das Ende des Waldes erreicht«, sagte er. »Und dann beginnt der Anstieg zum Hessosburgberg. Sobald wir den Wald verlassen haben, können wir von der Burg aus gesehen werden. Also seid auf der Hut! Wir haben Nachricht, dass Hessos sich nach unserem letzten Zusammenstoß hierher in seine Burg zurückgezogen hat. Kampflos wird er sie uns nicht überlassen! Es gibt mehrere Tore, aber keines von ihnen ist leicht zu nehmen. Bogos und ich haben einen Plan, den wir euch gleich mitteilen werden. Aber zuvor merkt euch eines: Eos ist in dieser Burg. Und ich will, dass Eos nichts zustößt! Glücklicherweise dürfte Hessos kaum wissen, dass Eos mein Freund ist, sonst würde er dies zweifellos gegen mich ausnutzen. Doch ihr seid euch dessen in jedem Augenblick bewusst! Ianos, komm her zu mir!«

Ianos trieb sein Pferd an, das Camos ihm gegeben hatte. Er saß darauf, als könne er schon lange reiten. Dicht vor Camos hielt er.

Camos fragte: »Wo genau wird Eos gefangen gehalten?«

Ianos straffte sich: »In den Bronzewerkstätten im Inneren der Siedlung auf dem östlichen Berggipfel. In einer Hütte für sich alleine.«

»Gut. Steig vom Pferd, du bleibst mit Mara hier!«

»Aber …« Ianos wurde rot und stotterte: »Ich könnte Euch doch zu Eos führen!«

»Widersprich nicht! Du tust, was ich dir sage! Du verbirgst dich mit Mara hier in der Nähe im Wald. Versteckt euch gut und rührt euch nicht von der Stelle, bis einer von uns hierher zurückkommt und nach euch ruft! Geht jetzt!«

Ianos sprang ab, reichte Mara die Hand, half ihr vom Pferd. Sie folgte ihm durch den Laubwald zu einer lichten Eichengruppe, unter der dichtes Gebüsch wuchs, schlug sich mit ihm durch das Unterholz und legte sich zwischen die Büsche. Ianos ließ sich neben ihr nieder.

Bald darauf hörten sie die Krieger davonreiten.

Mara starrte in die Baumwipfel.

Jetzt würden sie den Berg hinaufreiten.

Jetzt mussten sie oben angekommen sein.

Und dann?

»Hätte Camos mich doch mitgenommen«, sagte Ianos. »Vielleicht hätte ich ihm helfen können. Schließlich kenne ich die Burg! Hoffentlich gelingt es ihm, hineinzukommen und gleich auf Hessos zu treffen! Wenn ich mir vorstelle, dass er Hessos vor wenigen Tagen beinahe erwischt hätte! Zu dumm, dass Hessos entkommen ist und sich ausgerechnet in seine Burg zurückgezogen hat! Aber Camos wird es schaffen! Ich wüsste nur zu gerne, welchen Plan er verfolgt. Ich sage dir, das ist ein Anführer, ein wirklicher Held, er ...«

Mara hörte nicht zu. Sie starrte noch immer in die Baumwipfel.

Jetzt würde der Kampf begonnen haben.

Bilder drängten sich ihr auf: Camos, der sich den blutenden Arm hielt – die Verletzten im Dorf auf der Insel – das verbrannte Dorf in der Nähe der Gelbosburg – die Trümmer der Gelbosburg. Und dann plötzlich sie selbst im Haus ihres Onkels, eng an die Mutter gedrückt, Litos an der Hand, als sie Angst hatte vor dem Augenblick, in dem die Tür aufbrechen würde oder das Dach des Wohnhauses in Flammen aufgehen.

Damals war Camos der Verteidiger gewesen, der Retter ... Und nun ...

Wenn nun die Hessosburg brennen würde!

Wenn Menschen verbrennen würden! Mädchen wie sie! Jungen wie Litos!

Aber Hessos war schuld! Hessos war ein gemeiner Verbrecher! Er hatte den Krieg begonnen, er. Und Eos musste befreit werden.

Wenn es nun nicht gelang? Wenn vielleicht gar – Camos selbst getötet würde? Er durfte doch nicht sterben! Camos doch nicht! Und Eos!

Hatte Camos denn wirklich die Hessosburg angreifen müssen?

Musste denn alles – so sein?

Oh, warum war sie jetzt hier! Warum war sie nicht daheim, bei ihrer Mutter!

Ianos redete sich immer mehr in Begeisterung: »Dieser Hessos hat sein Leben schon verwirkt! Camos wird ihn zum Zweikampf fordern. Dass ich das nicht sehen kann! Hessos hat den Ruf, ein großer Kämpfer zu sein. Aber Camos wird ihn besiegen! Wenn ich nur wüsste, ob sie schon in der Burg sind! Ja, doch, vielleicht gelingt es schnell. Hessos hat seine meisten Krieger schon verloren. In der Burg können nicht mehr viele waffenfähige Männer sein. Gegen Camos und Bogos mit ihrer gemeinsamen Streitmacht sind sie jedenfalls machtlos. Die Leute in der Burg, die werden jetzt zittern! Jetzt wissen sie, dass sie verloren sind!«

Wie er das sagte, das konnte sie nicht ertragen. Leise meinte sie: »Aber sie, sie können doch nichts dafür, dass Hessos ihr Herr ist! Sie sind doch auch nur Menschen wie wir. Kinder. Und wenn es brennt … O Ianos!«

Er schaute sie mit offenem Mund verwundert an. »Was ist denn mit dir los?«, fragte er.

Sie schwieg. Sie verstand es ja selbst nicht. So vieles verstand sie nicht.

Die Frauen vom Heiligen Berg – ob die es verstehen würden? Ob die eine Antwort hätten?

»Jedenfalls, ich würde jetzt beim Angriff auf die Burg gerne dabei sein!«, sagte Ianos abschließend.

Sie dachte: Ich nicht, nein, ich nicht! Wären nicht Litos und der goldene Kegel, ich würde mir wünschen, nie von daheim weggegangen zu sein.

Der Tag wollte nicht vergehen. Jeder Augenblick dehnte sich zur Ewigkeit. Schließlich näherte sich der Abend.

Das Warten wurde immer unerträglicher.

Endlich vernahm Mara Rufe im Wald, hörte ihren Namen. Sie sprang auf, stürmte durch das Gebüsch, rannte durch den Hochwald, so schnell, dass Ianos sie nicht einholen konnte, erreichte den Reiter, erkannte ihn als einen der Begleiter von Camos. »Was ist?«, rief sie atemlos. »Sag doch! Lebt Camos? Ist er unverletzt? Und Eos? Leben sie beide?«

Der Mann lachte: »Ja doch! Alles in Ordnung! Wir haben die Burg genommen.«

»Und Hessos?«, fragte Ianos aufgeregt.

»Camos selbst hat ihn gefordert. Das war ein Zweikampf, sage ich dir, wie man ihn nicht alle Tage zu sehen bekommt! Das war ein Zweikampf, von dem man noch in vielen Jahren singen wird! Ein wahrer Heldenkampf. Camos hat es nicht leicht gehabt. Aber er hat Hessos getötet, wie er es geschworen hat!«

Mara fror plötzlich.

»Na komm«, sagte der Mann, »steig auf und du, Ianos, nimm das Pferd dort! Ich soll euch in die Burg bringen, bevor es Nacht wird.«

Sie ritten dem Waldrand entgegen. Bald würden sie auf dem Gipfel des Berges die Hessosburg sehen. Und – Flammen, Rauch?

Nicht! Bitte nicht!

Sie musste es wissen.

»Gab es«, fragte sie und konnte nur mühsam weitersprechen, »viel Blutvergießen? Und hat es – gebrannt?«

»Nein. Der Plan war gut und der Widerstand überraschend gering. Viele Anhänger kann Hessos nicht gehabt haben unter seinen eigenen Leuten. Na ja, es wundert mich nicht, nach allem, was man so über ihn gehört hat. Und Feuer – nein. Wir durften die Burg nicht in Brand stecken, schließlich war Eos mitten darin!«

Endlich hörte sie auf zu frieren.

Sie erreichten den Berg. Und dann ritten sie durch das Tor. Es war nicht zerstört. Hier konnte der Kampf nicht getobt haben. Wo dann?

Mara fuhr sich mit der Hand über die Stirn. Sie wollte es nicht wissen. Sie fand alles schrecklich, was mit Krieg zu tun hatte. Aber wenn sie das sagte, so würde es keiner verstehen. Keiner von all den Männern hier.

Aber ihre Mutter, die würde es verstehen. Und die Frauen vom Heiligen Berg?

Die Wege und Plätze waren menschenleer. Auf unheimliche Art leer. Was für ein Leben war hier gewesen, als Mara und Ianos zum ersten Mal die Burg besucht hatten! Nun hatten sich die Menschen verkrochen, unsichtbar gemacht. Hatten sie noch etwas zu befürchten?

Irgendwo weinte ein Kind und brach so plötzlich ab, als sei ihm der Mund zugehalten worden. Aus einem Haus drang lautes Grölen, dann öffnete sich die Tür und einer der Krieger von Bogos torkelte heraus, einen Becher in der Hand. Er hatte sich mehrere Bronzenadeln in seinen Kittel gesteckt, fünf reich verzierte Armreifen übergestreift, zwei Messer in den Gürtel gesteckt: sein Anteil an der Kriegsbeute. Über die Schulter hatte er sich einen schönen gewebten, blutbefleckten Mantel geworfen. Er stützte sich an den Türpfosten, hob den Becher und rief lallend herüber: »Auf Hessos! Tot ist er mir am liebsten!«

Der Mann, mit dem Mara ritt, antwortete lachend: »Du solltest nicht versuchen Hessos' Vorräte an Beerenwein an einem Abend auszutrinken! Beerenwein hat es ganz schön in sich!«

Der Betrunkene rülpste laut.

Ekel stieg in Mara auf. Sie wandte sich ab.

Im Hof der Schmiedewerkstätten hielten sie an. »Da drin ist Camos. Hierher sollte ich euch bringen«, sagte der Krieger und wies auf die kleine Hütte von Eos. »Während Bogos mit den anderen im Festsaal feiert, hockt Camos in diesem Loch!« Deutliche Verwunderung, ja Empörung klang aus seiner Stimme.

Mara rutschte vom Pferd und ging zu der Werkstatt, öffnete die Tür. Ianos folgte ihr. Eos und Camos saßen auf zwei Hockern am Feuer, vertraut einander zugewandt, und sprachen leise und ernst miteinander, schienen sie nicht zu bemerken.

Mara blieb zögernd stehen, dann wollte sie sich wieder zurückziehen. Da hob Eos den Kopf, sah sie an und winkte sie heran: »Komm nur, Mara! Wir warten auf dich. Und auf Ianos auch. Ich habe mich bei euch zu bedanken. Ihr habt mir sehr schnell meinen Befreier geholt!«

Mara lief zu ihm und fasste seine Hände, kauerte sich neben ihm nieder.

Eos war frei. Das war gut. Dass das gut war, daran gab es keinen Zweifel.

Scheu sah sie Camos an. »Ist jetzt der Krieg zu Ende, Herr?«

Camos nickte: »Ja. Er ist zu Ende.«

Sie traute sich kaum weiterzusprechen, sie wusste nicht, ob sie das fragen durfte, und sie fürchtete die Antwort, aber sie musste es einfach wissen: »Und was geschieht mit der Burg – und den Menschen?«

»Nichts. Wir werden mitnehmen, was von Wert ist. Aber wir werden mit der Hessosburg nicht so verfahren, wie Hessos es mit der Gelbosburg getan hat. Und mit den Menschen auch nicht. Kein Unschuldiger soll Leben oder Freiheit verlieren – das Versprechen habe ich Bogos abgerungen. Einmal muss Schluss sein. Ich möchte nicht Hass säen.«

»Oh, ich danke Euch! Ich bin so froh darüber!«, hätte Mara beinahe gesagt. Aber sie verschluckte die Worte. Sicher fand er, das sei anmaßend und es stehe ihr nicht zu, sein Handeln zu bewerten. Aber plötzlich kam er ihr nicht mehr so fremd und unnahbar vor wie in den letzten Tagen. Lag es daran, dass sie mit ihm, Eos und Ianos allein war? Dass er seinen Helm abgenommen hatte? Oder dass der Krieg endlich vorbei war? Ob sie ihn jetzt an den goldenen Kegel erinnern durfte? Oder – würde das Eos für sie tun?

Sie zögerte. Einen Augenblick zu lange.

Camos erhob sich. »Ich muss mich in der Festhalle zeigen. Bogos und meine Krieger haben ein Recht darauf, dass ich mit ihnen feiere. Eos, willst du nicht doch, dass ich dich hinauftrage, willst du nicht mit uns essen und trinken?«

Eos schüttelte den Kopf. »Nein. Geh ohne mich, Camos. So ein Siegesfest, das ist nichts für mich, nach all dem. Lass mich hier meinen Gedanken nachhängen und langsam begreifen, dass ich kein Gefangener mehr bin! Du weißt, ein Krieger und Held so wie du war ich nie.«

Camos beugte sich über den Freund und umarmte ihn. »Wie du willst«, sagte er. Dann richtete er sich wieder auf: »Ianos, du kommst mit mir! Du kannst mich beim Gelage bedienen.«

Ianos strahlte vor Stolz und Freude.

»Und du, Mara …« Camos strich sich nachdenklich übers Kinn. »Was mache ich mit einem Mädchen in einer besetzten Burg, auf einem Kriegerfest?«

Mara dachte an den Betrunkenen. Das würde erst der Anfang sein. All die Männer, die tranken und lachten und sich gar noch der Gegner rühmten, die sie getötet hatten! Die sich mit geraubtem Schmuck und geraubten Waffen behängten! Nein. Und außerdem musste sie dringend mit Eos reden.

»O bitte«, sagte sie, »darf ich nicht bei Eos bleiben? Hier in der Werkstatt?«

Camos tauschte einen Blick mit Eos, dann nickte er. »Morgen suche ich eine Familie in der Burg, bei der du unterkommen kannst, bis wir getan haben, was wir hier zu tun haben!« Er lächelte ihr zu, nickte leicht und ging hinaus.

Mara sah ihm nach. »Was meint er«, fragte sie Eos, »bis wir getan haben, was wir hier zu tun haben? Meint er – den goldenen Kegel?«

»Ja«, erwiderte Eos, »den meint er. Camos ist bereit dazu, wir haben darüber gesprochen. Es ist dir also gelungen, ihn zu überzeugen.« Eos lachte vor sich hin: »Siehst du, ich habe ja gewusst, dass Camos gar nichts anderes übrig bleiben würde, als der Tochter von Riacos doch noch zuzuhören! Auch wenn ich mir denken kann, dass es nicht so ganz einfach war, ihn dazu zu bringen!«

Mara errötete.

»Eos?«, fragte sie nach einer Weile. »Kannst du denn jetzt den Kegel schmieden? Reicht die Zeit noch? Hast du das Gold, das du dafür brauchst?«

»Ja, mit Camos' Hilfe. Das Gold nehmen wir aus dem Schatz von Hessos. Camos hatte sowieso gelobt, den Schatz den Göttern zu opfern. Genug Gold für zwei Kegel, sagt Camos, einen für die Frauen vom Heiligen Berg und einen für euch am See. So hat die Raffgier von Hessos schließlich noch ihr Gutes gehabt!«

Mara presste seine Hände. »Eos, wird dann wirklich alles gut, du weißt schon – alles?«

»Ja«, sagte Eos. »Ja, ich hoffe es.«

Nach einer Pause fuhr er fort: »Wir werden zum Opferfest bei euch am See sein. Mit dem goldenen Kegel. Camos wird für euch den großen Gott um Hilfe anrufen gegen die Geister der Tiefe. Dein Onkel wird die Weisungen von Camos befolgen, darauf kannst du dich verlassen. Es war ein langer Weg, Mara, aber du bist ihn nicht umsonst gegangen.«

Die Freude begann tief im Inneren, breitete sich immer mehr aus, ergriff ganz von ihr Besitz. Sie konnte nicht anders, sie musste einfach Eos umarmen.

Eos ließ es schmunzelnd zu.

Dann setzte sie sich auf den Boden ans Feuer, lehnte den Kopf auf die Knie und schaute in die Flammen.

Eos griff nach einem Bronzeblech und begann es zu hämmern. Dieser altvertraute Klang. So wie früher daheim.

Daheim. Jetzt würde Litos ins Bett gehen. Er würde die Felldecke im Arm halten, sich hineinkuscheln, wie er es immer tat, und einschlafen ohne die Gefahr zu ahnen, in der er geschwebt hatte.

Die Gefahr, die abgewendet war.

Der goldene Kegel auf der Spitze der Holzsäule funkelte. Gleißend warf er das Sonnenlicht zurück, glänzte und strahlte selbst wie ein Sonnenstrahl.

Maras Augen waren geblendet und doch blickte sie ihn weiter an.

Die Säule war hoch. Man konnte die Zeichen auf dem Kegel nicht erkennen, zu weit waren sie entfernt.

Aber sie wusste, sie waren da.

Die magischen Zeichen, in denen die Kraft ruhte, das Versprechen der göttlichen Hilfe. Und eines dieser Zeichen war das Sonnenrad, ihr Sonnenrad.

Wolkenlos blau wölbte sich der klare Herbsthimmel über dem See und seinen Ufern. Kein Wind regte sich. Nach einer kühlen Sternennacht war ein Tag heraufgezogen, der voller Verheißung lag und voller Erfüllung.

Der Tag, der so lang war wie die Nacht, die ihm folgte.

Der Tag der Opferung.

Jetzt hatte die Sonne ihren Höhepunkt erreicht. In der Mitte ihrer Bahn stand sie am Himmel, schräg über der Säule mit der goldenen Spitze.

Und der Gott der Götter trennte Himmel und Erde und errichtete die Säule, die den Himmel trug …

Am Fuße der Säule lehnte das geweihte Bronzebeil. Das Beil für das Opfer.

Onkel Vicos würde es bringen, das Opfer.

Seinen besten Stier.

Nicht den Geistern der Tiefe, dem Gott des Lichtes.

Jemand zupfte Mara am Ärmel. Litos.

»Warum weinst du denn, Mara?«, fragte er.

Sie lächelte. »Ich weine doch gar nicht!«

»Doch. Das tust du!«

»Ach, Litos, das ist doch nur, weil ich so glücklich bin!«

»Weil du wieder zu Hause bist?«

Sie zog ihn an sich, drückte ihn fest: »Ja. Weil ich wieder zu Hause bin.«

»He, drück nicht so fest, du bringst mich ja um!«

»Ach Litos, nein, ich bringe dich nicht um!«

»Du, Mara, du hast mir versprochen mir weiterzuerzählen …«

»Später, Litos, jetzt lass mich beten! Komm, tanz mit!«

»Wieso tanzen, du hast gesagt, du willst beten!«

»Der Tanz, er ist ja ein Gebet.«

Sie trat hinter Litos, fasste seine Hände, hob seine Arme zur Gebetshaltung in die Höhe. Dann ließ sie ihn los und streckte ihre Arme empor, öffnete ihr Hände, dass sie wie

Schalen zum Himmel gereckt waren, Schalen, die das Sonnenlicht empfingen. Und so tanzte sie, sich langsam und feierlich drehend, mit den anderen den Tanz um die Säule, den Tanz, der den Lauf der Sonne verherrlichte, den Tanz, den Camos anführte, den Camos sie alle gelehrt hatte.

Sie sah wieder den glänzenden Wagen vor sich und es war, als höre sie die Stimme der Frau vom Heiligen Berg: *Denn das Licht siegt über die Finsternis wie die Liebe über den Hass.*

Nach dem Tanz wurde der Stier getötet und Mara sah dabei über die Opferwiese hinaus auf den See und dachte: Nein, ihr Geister der Tiefe, ich fürchte euch nicht mehr. Und auch nicht euer Seeungeheuer. Ihr bekommt meinen Litos nicht und unser Dorf nicht! Einen gibt es, der ist stärker als ihr, und der hilft uns! Vor dem müsst ihr weichen!

»Mara, wie lange dauert es, bis dein Haar wieder richtig lang ist, so lang wie früher?«, fragte Litos.

Sie fasste sich ins Haar. Es reichte schon etwas über die Schultern. »Ach, ich weiß nicht, ein paar Jahre vielleicht. Aber das ist nicht so wichtig, verstehst du.«

Litos runzelte die Stirn. »Nein. Verstehe ich nicht. Ich glaube, ich verstehe vieles nicht!«

Er dachte nach, betrachtete Mara angestrengt, sagte: »Vor allem, was mit dir zu tun hat, verstehe ich nicht. Du hast gesagt, du bist weg, um Camos zu holen, weil du wolltest, dass er die Götter für uns anruft gegen die Geister der Tiefe, aber warum, ich meine, wie du darauf gekommen bist, das verrätst du nicht. Und meinen Vater, den habe ich gefragt, und er hat nichts gesagt, aber er hat mich angesehen, so …«

Litos schwieg eine Weile, begann dann neu: »Als du plötzlich weg warst, weißt du, das war ganz schrecklich. Ich habe so Angst gehabt um dich. Und deine Mutter, sie hat den ganzen Tag geweint, und mein Vater und Onkel Donnos und die anderen Männer, die haben dich überall gesucht, und sogar Veltos und Taros, die haben den ganzen See abgesucht, weil doch der Einbaum im Wasser getrieben ist. Und dann kam der Bronzeschmied mit dieser Nachricht, die keiner verstanden hat, aber deine Mutter, die hat dann nicht mehr so geweint und sie hat es sich immer und immer wieder erzählen lassen. Aber mein Vater, Mara, mein Vater war so wütend, und als dann noch herausgekommen war, dass du sein Messer genommen hast und seine Ringe und die Kleider von Veltos, da hat er so geschrien, und was er alles angedroht hat, was er mit dir machen will, wenn du zurückkommst ... Mara, da habe ich mich richtig für dich gefürchtet. Und dann, eine ganze Zeit später, da kam der Bote von Camos, und was er gesagt hat, das weiß ich nicht, aber plötzlich war alles ganz anders, und weißt du, dass mein Vater da ...« Er stockte. Dann flüsterte er: »Dass mein Vater da geweint hat?«

Sie streichelte seine Wange.

Er redete weiter: »Und als du dann zurückgekommen bist, da war keiner mehr böse auf dich.« Er sah sie nachdenklich an, fragte zögernd: »Hat das alles Camos gemacht?«

»Camos?«, wiederholte Mara langsam.

Mit den Augen suchte sie Camos, sah ihn über die Wiese gehen, gefolgt von Ianos, zu dem Hocker, auf dem Eos saß, sich neben Eos niedersetzen, mit ihm reden, Ianos einen Wink geben. Ianos lief zum großen Bierkrug, füllte zwei Gefäße, brachte sie den beiden Männern.

»Warum antwortest du mir nicht?«, fragte Litos. »Ich wollte wissen, ob das alles Camos war, weshalb es gut geworden ist!«

»Es war auch Camos, ja. Aber nicht nur er allein.« Da waren auch Eos, dachte sie, und Ianos und die Frauen vom Heiligen Berg und – ich.

»Nun erzähl aber weiter, Mara! Du hast aufgehört, als Camos und Bogos die Hessosburg erobert hatten!«

»Ja. Es wurde ein großes Siegesfest gefeiert und ein Teil der Beute den Göttern geopfert. Der Rest wurde unter den Kriegern aufgeteilt, und Camos schenkte Bogos die Rüstung von Hessos, die ja eigentlich ihm gehört hätte. Einen ganz unglaublichen Helm hat Hessos gehabt, so etwas hast du noch nie gesehen, Litos, einen Lederhelm ganz mit Eberzähnen bestückt! Bogos hielt mit den Kriegern die Burg besetzt. Camos aber hat sich mit Eos in die Werkstatt zurückgezogen und keiner durfte zu ihnen, auch ich nicht. Nur Ianos haben sie eingelassen, wenn er ihnen zu essen und zu trinken gebracht hat. Mich hat Camos zu einer Familie in der Burg gegeben, einer Familie mit drei Töchtern. Mit denen habe ich in einem Bett geschlafen. Das war vielleicht lustig! Kannst du dir das vorstellen: vier Mädchen in einem Bett! Überhaupt waren sie sehr nett und es hätte mir da gut gefallen, wenn ich nicht so darauf gewartet hätte, wieder nach Hause zu können. Dann endlich hatte Eos die beiden goldenen Kegel hergestellt und mit den heiligen Zeichen geschmückt. Als er fertig war, hat

Bogos den einen Kegel zum Heiligen Berg gebracht. Und Camos hat Eos in den Wagen getragen und wir sind mit dem anderen Kegel hierher gereist. Gerade rechtzeitig vor dem Opferfest sind wir angekommen. Und jetzt weißt du alles, Litos.«

Sie sah ihn an und dachte: Nein, du weißt nicht alles. Und das ist gut so. Du wirst es niemals erfahren. Die Männer werden schweigen und ich werde schweigen. Und meine Mutter wird auch schweigen. Onkel Vicos hat es ihr erzählt, nachdem Camos mit ihm gesprochen hat. Ich bin froh, dass er es ihr erzählt hat. Jetzt versteht sie, warum ich weggegangen bin. Und glaubt mir, dass ich ihr so etwas nie wieder antun werde.

Sie nahm Litos an der Hand und zog ihn hinter sich her zu ihrer Mutter. Es tat weh, das Haar der Mutter zu sehen, das grau durch die Maschen des Haarnetzes schimmerte und doch im Sommer noch so tiefblond gewesen war. Scheu legte Mara die Hand auf das Haar der Mutter und sagte leise: »Das war ich, nicht wahr?«

Die Mutter drehte sich zu ihr um, fing ihren Blick auf, führte ihn zu der goldenen Spitze der Säule und dann zu Litos und sagte lächelnd: »Ja, das alles warst du, Mara.«

»Mara!«, rief Ianos und kam auf sie zugelaufen. »Mara, ich muss dir etwas erzählen!«

Nebeneinander gingen sie allein ein Stück von den anderen weg bis zu der Stelle, wo die Wiese zum See hin abbrach. Ianos sprach aufgeregt: »Weißt du, was Camos zu mir gesagt hat? Er hat gesagt, er macht mich zu seinem Knappen!«

Der Knappe von Camos. Einmal hatte sie sich das gewünscht. Erst vor wenigen Monden. Und doch schien ihr, als liege es eine unendlich lange Zeit zurück. Wie in einem anderen Leben. Nun würde es Ianos werden.

Ianos überstürzte sich beinahe: »Ich kann es noch gar nicht fassen. Mich hat er ausgewählt, mich! Und ich komme doch aus einer ganz armen Familie und meinem Onkel habe ich weniger gegolten als ein Hund! Und dem Händler nicht viel mehr! Und jetzt werde ich immer in der Nähe von Camos sein! Ich werde ihn beim Essen bedienen, das Bier einschenken, seine Kleidung in Ordnung halten, seine Waffen und seinen Schmuck putzen, sein Pferd versorgen, seine Aufträge ausführen! Ich werde ihn auf seinen Reisen begleiten! Und nicht nur das – er hat gesagt, er wird mich unterweisen, wird mich den Umgang mit den Waffen erlernen lassen, sogar den Schwertkampf, und wird mich die Geschichten lehren!«

Die Geschichten lehren! Die Geschichten lernen, das wollte sie auch. Nichts wollte sie so sehr wie das.

Plötzlich schien etwas in ihr zu brennen.

Doch dann schüttelte sie den Kopf: Camos war ja nicht der Einzige, von dem man die Geschichten lernen konnte.

Sie sah Ianos an: Als Knappe würde er auch lernen müssen, Camos bedingungslos zu gehorchen. Und die Zeiten waren so unruhig. Wenn Camos wieder Krieg führte, würde auch Ianos mit in den Krieg ziehen müssen, zwischen all den Kriegern. Den Schwertkampf erlernen – das bedeutete, eines Tages selbst zu kämpfen! Daran hatte sie nicht gedacht, damals, als sie Camos' Knappe hatte sein wollen.

Ianos wäre gerne bei der Erstürmung der Hessosburg dabei gewesen. Ianos war anders als sie.

Krieg. Brennende Häuser, Weinen und Schreie, Waffen, Blut … Nein, davon hatte sie nie geträumt. Außer in ihren Albträumen.

»Weißt du, Mara, was das für mich bedeutet?«, fragte Ianos. »Camos hat gesagt, wenn ich mich bewähre, werde ich eines Tages zur engsten Schar seiner Krieger gehören, zu seinen Tischgenossen, seinen Gefährten! Kannst du dir das vorstellen?«

Sie schaute hinaus auf den See. Ruhig und friedlich lag er da und die Dorfinsel sah aus, als werde sie von ihm getragen.

»Ja«, sagte Mara, »das kann ich mir vorstellen. Und ich bin froh für dich. Ich weiß, es ist das Richtige – für dich.«

»Es wird nicht immer leicht sein, das weiß ich. Camos stellt ziemlich hohe Anforderungen, das habe ich in den letzten Wochen bemerkt. Aber er ist ein guter Herr«, erklärte Ianos.

Mara nickte langsam. »Das ist er wirklich.«

Ein guter Herr – ja, das stimmte. Aber eben: ein Herr. Einer von denen, in deren Händen alles zusammenlief. Beides. Nicht nur das, was sie bewunderte, das Wissen um die Geschichten, nicht nur die Vollmacht zur Anrufung der Götter. Sondern auch das andere: die Macht und die Herrschaft und die Kriegsführung. Einer der großen Herren.

Was eigentlich war er einmal für sie gewesen?

Sie strich sich das Haar aus dem Gesicht. »Ach, lass«, sagte sie zu sich selbst. »Darauf kommt es jetzt wirklich nicht mehr an!«

Sie ergriff die Hand von Ianos und drückte sie: »Ich wünsche dir Glück!«

»Danke, Mara.«

Sie schwiegen.

Ianos streifte Mara mit einem kurzen Blick von der Seite, dann sagte er zögernd: »Nur eines, Mara ... Ich kann mir irgendwie nicht vorstellen, dass ich weggehe und du hierbleibst. Was wir alles zusammen erlebt haben, es war so besonders.« Er brach ab, knetete und rollte den Saum des Ledermantels zwischen den Fingern, den Camos ihm geschenkt hatte.

Mara legte ihm die Hand auf den Arm.

Er errötete ein wenig, sprach dann hastig weiter: »Aber weißt du, Camos hat gesagt, er kommt bald wieder hierher, da doch jetzt Eos sich entschlossen hat, bei euch zu bleiben als euer Bronzeschmied und Priester. Camos hat versprochen die Verbindung zu ihm zu halten, bestimmt nimmt er mich mit, wenn er hierher reist, dann sehen wir uns wieder, ich meine, vielleicht ...« Er sprach nicht weiter.

»Ja«, erwiderte Mara und lächelte ihm zu, »vielleicht.«

Zu wissen, dass es kein Abschied für immer war, das war schön.

Und zu wissen, dass Eos bleiben würde, wenn Camos und Ianos wegreiten würden, dass es dann wieder eine Schmiedewerkstatt geben würde und jemanden, dem man zuhören konnte, der die Geschichten kannte und die Götter anzurufen verstand, das war gut.

»Nun, Mara, was hältst du von meinem neuen Knappen?«, hörte sie Camos hinter sich fragen.

Sie drehte sich um: »Ihr bekommt den besten Knappen, den ich mir vorstellen kann, Herr!«

Camos lachte: »Ja, das glaube ich auch. Von jetzt an werde ich mich nie mehr im Wald verirren! Und falls ich jemals in die Lage kommen sollte, vor jemandem fliehen zu wollen …«

Plötzlich war er sehr ernst: »Ich muss es dir noch einmal sagen, Mara: Es tut mir wirklich leid, dass ich damals so ungerecht zu dir war.«

Mit einem Schlag war jener Augenblick in der Callmosburg wieder ganz nah. Camos' harte Worte. Jedes einzelne wusste sie noch. Nein, sie würde diese Worte nie vergessen. Aber sie hatten keinen Stachel mehr.

Merkwürdig, es tat nicht mehr weh. Sie blickte ihn an: »Ach Herr, lasst!«

Er hatte sich doch schon damals in der Höhle bei ihr entschuldigt. Dass er es heute noch einmal tat!

Vielleicht hatte ja alles so kommen müssen.

Hätte er sie damals nicht so schlecht empfangen, wäre sie nie auf den Heiligen Berg gekommen! Und das, nein, das konnte sie sich nicht vorstellen.

Die Frauen am Heiligen Berg – auch sie kannten die Geschichten. Vielleicht konnte man ihnen Fragen stellen, Fragen, die man sonst niemandem stellen konnte. Ihnen zuhören, ihren Worten und ihren Liedern …

Sie ging allein über die Wiese zu der Säule. Lange stand sie dort und schaute in den Himmel. Da entdeckte sie etwas, was näher und näher geflogen kam.

Drei weiße Schwäne. Hoch über ihrem Kopf flogen sie hinweg und entschwanden langsam ihrem Blick.

Was hatte die Frau auf dem Heiligen Berg zum Abschied zu ihr gesagt? Jede, die den Ruf der heiligen Schwäne gehört hat, kommt noch einmal hierher zurück.

Ja, sie wusste es, sie würde den Heiligen Berg wiedersehen und die Neun. Und dieses Mal würde sie ganz ohne Furcht sein. Endlich würde sie lernen: die Geschichten und die Lieder. Alles.

Als Erstes würde sie mit ihrer Mutter darüber sprechen.

In ihre Gedanken hinein hörte Mara Musik, rätselhafte Töne, die sie nicht kannte und die sie anzogen. Sie ging diesen Klängen nach und fand Eos auf seinem Höcker, der auf einem fremden Instrument blies, einer Art Flöte aus Holunderrohr, in das Muster eingeritzt waren. Ihm zu Füßen saß Litos und staunte Eos mit offenem Mund an.

Mara setzte sich neben Litos auf die Wiese und hörte mit ihm der Musik zu. Sie hätte es nicht erklären können, aber ihr war, als würden diese Klänge von Sehnsucht erzählen und von Erwartung.

Als Eos geendet hatte, seufzte Litos tief auf und sagte: »Wenn ich groß bin, will ich auch so eine Flöte spielen! Das darf ich doch, nicht wahr, Eos?«

»Warum erst, wenn du groß bist?«, fragte Eos und kleine Fältchen lagen um seine Augen.

»Meinst du, ich kann gleich …«, rief Litos aufgeregt und sprang auf.

»Nun, nicht gerade heute! Aber wenn du willst, werde ich dich bald darin unterrichten. Ich war nicht viel älter als du, als ich angefangen habe, es von meinem Vater zu lernen«, erwiderte Eos. »Du musst nämlich wissen, es ist gar nicht so leicht. Es erfordert sehr viel Übung, bis du die Flöte wirklich zu Ehren der Götter spielen kannst. Aber wenn du es wirklich ernsthaft willst …«

»Ja«, sagte Litos feierlich. »Ja, das will ich. Zu Seinen Ehren!« Und er drehte sich um und blickte zu der Säule mit dem goldenen Kegel.

»Zu Seinen Ehren«, wiederholte Eos. »Ja, Litos, dazu bist du der Rechte.«

Er sah Mara an und sie spürte, dass er das Gleiche dachte wie sie.

Dann fuhr er zu Litos gewandt fort: »Und jetzt lauf, du hast doch gesagt, du willst mir die Beine ersetzen! Hol etwas zu essen, ja?«

Litos nickte und rannte davon. »Bring mir auch etwas mit!«, rief Mara ihm nach.

»Du meinst wohl, du bist weit genug gelaufen für ihn?«, sagte Eos schmunzelnd.

Mara lachte: »Wahrhaftig! Das bin ich!«

Camos und Ianos kamen und setzten sich zu ihnen. Es war schön, einfach nur dazusitzen.

Als die Nacht hereinbrach, wurde das Opferfeuer entzündet und Camos sang die Gebete.

Mara zweifelte nicht: Sie wurden gehört, die Gebete. Sie fühlte es. Ganz sicher.

Hell loderten die Flammen auf, brannten gleichmäßig und stark, ergriffen das Haupt und die Gliedmaßen des geopferten Stieres und verzehrten sie.

Mara stand mit Ianos im Kreis der Feiernden und sah dem Feuer zu.

Wie eine Säule stieg der Rauch zum Himmel auf. Kein Windhauch störte ihn.

Im Feuerschein schimmerte der goldene Kegel, als wäre er eine Flamme.

Auch auf dem Heiligen Berg würde in diesem Augenblick ein Opferfeuer unter einer Säule mit einem goldenen Kegel brennen und die Neun würden singen.

Lieder, die auch sie, Mara, eines Tages singen würde.

Eine warme Kinderhand schob sich in Maras Rechte.

Litos.

Dr. Jutta Pauli hat mich im Jahr 1990 beim Verfassen von Erzählung und Nachwort mit fachkundigem archäologischem Rat unterstützt. Für meine Aktualisierung des Nachwortes im Januar 2007 hat mir Dr. Ralf Baumeister fachliche Auskunft über neue Entwicklungen in der Archäologie der spätbronzezeitlichen Siedlungen am Federsee erteilt und Dr. Tobias Springer über den aktuellen Forschungsstand bezüglich der Deutung der Goldkegel. Ihnen allen danke ich für ihre freundlich gewährte Hilfe.

Im Februar 2007 *Gabriele Beyerlein*

Nachwort

Wer beim Lesen Mara auf ihrem langen Weg begleitet hat, möchte nun vielleicht wissen, ob es das alles gegeben hat: das Dorf auf der Insel und die Burgen, den Heiligen Berg und den goldenen Kegel, die »Geschichten« und die Personen. Und wann?

Die Erzählung spielt in Süddeutschland am Ende der Bronzezeit, im 9. Jahrhundert vor Christus. Fachleute nennen diese Epoche die späte *Urnenfelderzeit,* nach der damals verbreiteten Sitte, die Toten zu verbrennen und in Urnen zu bestatten.

Es war eine Zeit des *Klimawandels,* in der das zuvor herrschende trockene und warme Klima von feuchterem, kühleren abgelöst wurde. Aus diesem Grund stiegen die Wasserspiegel der Seen an. Überall wurden an den südwestdeutschen Seen die Siedlungen verlassen, die in Ufernähe errichtet waren. Reste solcher ehemaligen Dörfer findet man heute beispielsweise in den flachen Ufergewässern des Bodensees:

Holzpfosten, die sich unter Wasser über die Jahrtausende erhalten haben. Früher einmal glaubte man, all diese Pfosten seien Pfähle, die Plattformen getragen hätten, auf denen die Dörfer in den See hinein errichtet worden seien. Heute weiß man, dass die Dörfer an Land gebaut und erst später vom ansteigenden See überschwemmt wurden. Während die Häuser der ausgehenden Bronzezeit am Bodensee in Ufernähe oft als »Pfahlbauten« vom Boden abgehoben errichtet worden waren, hatte man am *Federsee in Oberschwaben* vor allem ebenerdig gebaut.

Nicht nur in Seen findet man heutzutage Reste solcher untergegangener Dörfer, sondern auch in Mooren. Auch das *Moor* hat ja die Eigenschaft, Holz und andere organische Stoffe zu konservieren, die in der Erde längst zu Humus vergangen wären. Wenn eine Siedlung, nachdem die Menschen sie verlassen hatten, rasch vom Moor überwuchert und begraben wurde, können nicht nur Tongefäße und Metallgegenstände, sondern auch Holzfußböden, Balken, Einrichtungsgegenstände, Einbäume und sogar Getreidekörner bis heute im Moorboden bewahrt geblieben sein. Eines der Gebiete in Deutschland, in denen dies geschehen ist, liegt am Federsee. Dieser ehemalige Gletschersee ist im Laufe der Zeit stark verlandet (und wurde in der Neuzeit künstlich entwässert); Torfboden und Ried bedecken weite Teile des einstigen Sees.

Und nun sind wir bei Maras Dorf angekommen.

In den zwanziger Jahren des 20. Jahrhunderts wurde bei Bad Buchau am Federsee im Torfboden eine spätbronzezeitliche Siedlung ausgegraben, die unter dem Namen »*Wasserburg Buchau*« berühmt geworden ist. Gegenstände aus dieser Ausgrabung, wie sie in meiner Erzählung Einzug gefunden haben, können heute im Federseemuseum bewundert werden. Im dazugehörenden neuen Freigelände gibt ein nachgebauter Dorfausschnitt einen lebendigen Eindruck auch von der späten Bronzezeit.

Durch die Ausgrabung bei Bad Buchau stellte sich heraus, dass hier einst zwei Dörfer nacheinander bestanden hatten: Das jüngere – Maras Dorf – war auf den Überresten eines älteren erbaut. Während der Ausgräber seinerzeit der Meinung war, das Dorf sei auf einer Insel im See errichtet worden, gilt es heute als gesichert, dass es am Ufer erbaut und später vom größer werdenden See überschwemmt wurde. Als ich die Geschichte geschrieben habe, schien es, als könnte das Dorf, geschützt durch seine starke Palisadenwand, noch eine Zeit lang als nachträglich durch das Wasser vom Festland getrennte Insel weiter bestanden haben, ehe es ganz untergegangen ist. Doch inzwischen wurde eine neue Grabung am Federsee durchgeführt, nach der sich abzeichnet, dass das Dorf, solange es existiert hat, wohl niemals ganz vom Land getrennt war. Zerstört wurde es jedenfalls schon vor seiner Überflutung, und zwar durch Brand – wahrscheinlich bei einem Krieg oder Überfall. Später überwucherte Moor diesen Bereich des Sees und bewahrte unter Schlamm und Torf die Überreste des Dorfes bis ins 20. Jahrhundert.

Ich habe mich gefragt, was die Menschen der ausgehenden Bronzezeit wohl empfunden haben mögen, als sie das *Anstei-*

gen des Seespiegels und die Bedrohung ihres Dorfes durch das Wasser erkannt haben mögen, zu welch verzweifelten, über das Übliche hinausgehenden Opfern sie vielleicht bereit gewesen sein könnten – und plötzlich entstand in meiner Vorstellung die Geschichte von Mara und Litos. Beweise für am Federsee geplante oder vollzogene Menschenopfer gibt es jedoch nicht.

Was damals wirklich geschehen ist, können wir heute natürlich nicht mehr wissen. Es gibt keine Schriftstücke aus dieser Zeit, die es uns mitteilen würden, nur *stumme Zeugen*: beispielsweise aus der Wasserburg Buchau die Reste von Palisade und Häusern, viel Tongeschirr, Hausrat und Schmuck – darunter auch eine Prunkkette mit 168 bronzenen »Geldringen« und vier Bronzeanhängern –, Tierknochen und Getreidereste, Werkzeuge, einen Töpferofen und eine Gussform zur Herstellung von Bronzenägeln, Einbäume und ein Wagenrad – Dinge, die uns Einblick geben in das tägliche Leben der Ackerbauern, Viehzüchter, Fischer und Handwerker, in die Arbeit im Haushalt und die Ernährung der Bewohner von Maras Dorf. (Auch die Schädel und einige Knochen von acht Kindern im »Zahnwechselalter« fand man bei der Ausgrabung. Den Grund, weshalb diese Kinder nicht auf dem Friedhof bestattet wurden, wissen wir nicht.)

Über die Buchauer Ausgrabung hinaus kennt man aus vielen Gegenden beispielsweise die Urnen der Friedhöfe, geopferte oder versteckte Bronzegegenstände wie Waffen, Werkzeuge oder Schmuckstücke und die heute nur noch mehr oder weniger deutlich erkennbaren eingestürzten und bewachsenen Überreste von Befestigungsanlagen auf zahlreichen Bergen und Höhen.

Wer die »*Burgen*«, zu denen Mara gewandert ist, suchen möchte, der muss mitunter genau hinsehen: Auf der Höhe des von der Brenz umflossenen Buigen bei Herbrechtingen im Kreis Heidenheim findet er die Abschnittswälle der *Herbrosburg*, an der Mündung der Vils in die Naab bei Kallmünz in der Oberpfalz die Wälle der *Callmosburg*, in Mittelfranken auf dem Hesselberg bei Wassertrüdingen den Wall der *Hessosburg* und auf dem Gipfel der *Gelben Birg* bei Dittenheim die Fläche der *Gelbosburg*. Die Namen habe ich in Anlehnung an die heutigen Bezeichnungen erfunden, wie sie damals hießen, ist nicht bekannt. Wenig wissen wir auch über ihre Innenbebauung. Die Wälle auf dem Schloss-, Hirmes- und Kirchenberg bei Kallmünz wurden in den letzten Jahren einer erneuten wissenschaftlichen Untersuchung unterzogen. Ich habe die Schilderung der Callmosburg in Kapitel 11 so umgearbeitet, dass sie mit den neuen Ergebnissen vereinbar ist.

Dass ich diese Anlagen in meiner Erzählung als »Burgen« bezeichne, soll nicht bedeuten, dass sie Ähnlichkeiten mit mittelalterlichen Ritterburgen hatten. Eher waren sie so etwas wie *Vorformen früher Städte*. Hier wurde Handel und Handwerk getrieben, Herrschaft über eine Region ausgeübt, hier gab es vermutlich auch religiöse Mittelpunkte. Die Befestigungen dienten dem Schutz vor Kriegsgegnern oder Räubern.

Solche Überfälle oder Angriffe waren offensichtlich keine Seltenheit. Auch *östliche Reitervölker* suchten die Gegend heim: die Kimmerier, die ursprünglich aus den Schwarzmeersteppen stammten, denen sich auf dem Balkan Thraker angeschlossen hatten. Diese Reiter auf schnellen Pferden, die plündernd und mordend donauaufwärts zogen, sind die »fremden Reiter« der Erzählung.

Der *Heilige Berg*, auf dem Mara den Rat der »Neun« sucht, ist der Stätteberg bei Unterhausen an der Donau in Oberbayern, der in vorgeschichtlicher Zeit mehrfach befestigt wurde. Dass hinter dem Schutz seiner Mauer ein heiliges Feuer von Priesterinnen gehütet wurde, ist meine Erfindung, doch sind heilige Feuer in alten Religionen etwas Häufiges. Sicher ist, dass auf diesem Berg einer der großen bronzezeitlichen *Brandopferplätze* lag, an dem die Menschen ihren Gottheiten Tieropfer gebracht haben. Solche Brandopferplätze wurden in vielen Gegenden entdeckt, sie bergen unvorstellbare Mengen an Asche, Tierknochen und Gefäßscherben; Opferfeuer von ungeheuerem Ausmaß müssen immer wieder an diesen Stätten gebrannt haben.

Opfer – Schmuck, Waffen, Geräte, Gefäße, Tiere, Kultgegenstände – wurden verbrannt, in Flüssen, Mooren oder Seen versenkt, in Felsspalten oder Höhlen geworfen, in der Erde vergraben. Es muss eine von Frömmigkeit tief geprägte Zeit gewesen sein, in der religiöse – und vielleicht auch magische – Vorstellungen alle Lebensbereiche durchdrungen haben. Den Inhalt dieser Vorstellungen können wir heute freilich nicht mehr wirklich wissen, denn schriftliche Dokumente haben uns die Menschen dieser Zeit nicht hinterlassen. So können wir uns diesen Ideen nur noch sehr indirekt nähern:

Wir sehen, zu welch gewaltigen Opfern die Menschen bereit waren, wir versuchen die Symbole zu deuten, die Schmuck und Waffen zieren, und wir versuchen die Bedeutung der besonderen Gegenständen zu verstehen, die in irgendeiner Weise der Ausübung der Religion, dem Kult, gedient haben müssen.

Besonders berühmt sind die *Goldkegel*. Um 1990 herum, zu dem Zeitpunkt, als ich die Geschichte von Mara geschrieben habe, waren bis dahin drei solcher Goldkegel aus der späten Bronzezeit gefunden worden, der größte stammte aus Ezelsdorf im Landkreis Nürnberger Land. (Im Germanischen Nationalmuseum in Nürnberg kann er besichtigt werden.) Er war das Vorbild für den goldenen Kegel in meiner Erzählung. Die meisten Archäologen hielten damals die Goldkegel für Bekrönungen von Kultpfählen. Das dünne Goldblech des Kegels von Ezelsdorf ziert eine Art von Mustern, die in der Bronze- und Urnenfelderzeit immer wiederkehren: rad- und kreisförmige Ornamente. Viele Fachleute sahen die Muster als Ausdruck eines Glaubens an, in dessen Mittelpunkt die Verehrung der Sonne oder einer Sonnengottheit stand. Diese Deutung des Kegels und seiner Zeichen liegt Maras Geschichte zugrunde.

Doch einige Jahre, nachdem ich die Erzählung geschrieben hatte, ist ein vierter Goldkegel der gleichen Epoche aufgetaucht und brachte nicht nur Bewegung, sondern ganz neue Gesichtspunkte in die Diskussion über diese außergewöhnlichen Gegenstände. So ist es oft in der archäologischen Wissenschaft: Ein neuer Fund – sei es die Ausgrabung einer Siedlung, einer Befestigung oder eines Grabes oder auch so ein Goldkegel, der plötzlich zum Kauf angeboten wird, ohne dass man weiß, woher er stammt – und manches sieht plötzlich ganz anders aus. Untersuchungen werden durchgeführt, neue Vermutungen angestellt, neue Schlussfolgerungen gezogen. So ist es in den letzten Jahren mit der Frage nach der Bedeutung der Goldkegel geschehen.

Heute hält man diese Kegel für ganz besondere Kopfbedeckungen. Man glaubt, dass sie so etwas wie sehr hohe Hüte für einige wenige, besonders wichtige Priester waren, die diese bei bestimmten religiösen Feiern getragen haben mögen. Der neue Kegel – der in Berlin im Museum steht und *»Berliner Goldhut«* genannt wird – hat nämlich wie schon ein anderer vor ihm, der »Goldene Hut von Schifferstadt« bei Speyer, eine Krempe und passt mit seiner ovalen Öffnung genau auf einen Menschenkopf. Bei erneuten Untersuchungen am Goldkegel von Ezelsdorf, der bei seinem Auffinden völlig zerhackt wurde, fiel auf, dass auch dieser einmal eine Hutkrempe gehabt haben muss.

Noch eine weitere neue Deutung hat sich durch das Auftauchen des Berliner Goldhutes ergeben: dass die Muster auf den Kegeln den Verlauf der Sonnen- und Mondmonate wiedergeben und ein erstaunlich genaues *astronomisches Wissen* offenbaren. Nach dieser neuen wissenschaftlichen Interpretation verfügten unsere fernen Vorfahren der ausgehenden Bronzezeit über eine genaue Kenntnis der Dauer von Sonnen- und Mondjahr, wussten über die Notwendigkeit des Einfügens von Schaltjahren in den Kalender Bescheid und hatten beobachtet, dass regelmäßig alle neunzehn Jahre bestimmte Mondphasen auf den selben Tag des Sonnenjahres fallen. Solches Wissen war sicherlich das Ergebnis jahrhunderte- bis jahrtausendelanger Beobachtungen, die von Generation zu Generation vermutlich geheim nur an einen ganz bestimmten eingeweihten Personenkreis weitergegeben wurden. Zu diesen Auserwählten müssen auch Gold- und Bronzeschmiede gehört haben, die schließlich das in Zeichen verschlüsselte Wissen in die Goldkegel einprägten. Der weise Meister unserer Erzählung, der Camos, Eos und Riacos als seine Schüler in das Geheimnis des goldenen Kegels eingeweiht hat, liegt also nah an dieser neuen wissenschaftlichen Deutung. Der Inhalt des Geheimnisses freilich sieht nach heutiger Erkenntnis anders aus als in unserer Erzählung.

Ich habe mich trotzdem entschieden, Maras Geschichte unverändert zu lassen, denn sonst wäre sie nicht mehr als Erzählung in sich so stimmig, wie sie jetzt ist. Der religiöse Geist, von dem sie spricht, stimmt noch immer mit den Glaubensvorstellungen der späten Bronzezeit überein, wie Fachleute sie sehen. Auf vielen Gegenständen dieser Zeit wird bildhaft von der Reise der Sonne erzählt. Ein Motiv begegnet dabei immer wieder: der *Wasservogel*. Oft werden solche Vögel dargestellt, die einen Wagen begleiten, oder Boote mit Vogelköpfen als Bug. In den kreisförmigen Scheiben, die diese Boote tragen, lässt sich leicht die Sonne erkennen.

Aus Mustern und Opfergaben allein kann man kein Bild vom Wesen einer *Religion* gewinnen. Eine Möglichkeit, sich eine Ahnung von den damaligen Vorstellungen zu machen, besteht darin, sich mit erhaltenen Fragmenten anderer alter Religionen zu beschäftigen, die man zumindest in mancher Hinsicht für verwandt hält. Solch ein Versuch ist natürlich mit großer Unsicherheit behaftet. Man kann nicht sagen, dass die Vorstellungen, die man auf diese Art gewinnt, die richtigen, die »wahren« sind. Ich habe versucht, diesen Weg ein Stück weit zu gehen und ihn durch einfühlende Fantasie zu ergänzen. Was ich in diesem Buch über die »Geschichten«, über den Kult und über Glaubensvorstellungen erzähle, ist folglich nicht beweisbar, aber auch nicht einfach frei und willkürlich erfunden. Es ist ein denkbares und nachempfundenes Bild, eine Möglichkeit unter vielen.

Die »Geschichten«, für die Mara sich interessiert, würden wir heute als *»Mythen«* bezeichnen: Sagen von Göttern und Helden, die in erzählter Form die Welt deuten und Antworten auf menschliche Grundfragen bieten wie die Erschaffung der Erde und des Menschen oder den Kampf zwischen Gut und Böse, Licht und Dunkel. Alle alten Religionen verfügen über Mythen und zwischen vielen lässt sich Verwandtschaft feststellen. Doch die Mythen der Urnenfelderzeit wurden nicht aufgeschrieben und sind für immer verloren.

Die »Geschichten« und Bilder, an die Mara sich erinnert oder die sie erzählt bekommt, habe ich aus vielen *alten Motiven* neu verwoben. So verband sich mir das urnenfelderzeitliche Muster des Wasservogels mit dem Schwan, einem Vogel, der in vielen Mythen eine große Rolle spielt. In der Geschichte vom Tod und der Wiedergeburt des schönen Jünglings habe ich altägyptische Mythen und ein plattdeutsches Märchen verarbeitet und Camos' Geschichte von der versunkenen Insel beruht auf den in vielen Religionen wiedergegebenen Schilderungen einer »Sintflut« und dem von dem griechischen Philosophen Plato aufgezeichnete Bericht über den Untergang von Atlantis. Auch die Idee der Besiegung eines Riesen oder Seeungeheuers durch eine Gottheit ist uralt. Ein altindisches Epos zog ich für jene Geschichte von der Erschaffung der Erde heran, aus der Eos die Zahl der Sonnenräder entnimmt, die den Kegel schmücken müssen.

Bleibt als Letztes die Frage nach den *Personen*. Wie es nicht anders sein kann, sind alle Personen – einschließlich ihrer Namen – erfunden, ebenso, wie ich mir ihre Handlungen ausgedacht habe. Kein Bericht erzählt uns etwas über die damaligen Menschen und die Art, wie sie miteinander umgingen. Auch gibt es kein gesichertes Wissen über genaue Formen ihres Zusammenlebens, über die Art etwa, wie sie ihre Kinder erzogen oder wie sie Herrschaft ausübten. Aber man weiß, dass nicht alle gleich reich und gleich mächtig waren, dass es also schon *soziale Unterschiede* gegeben hat.

Ein archäologischer Glücksfall war die Entdeckung eines urnenfelderzeitlichen Grabes in Acholshausen in Unterfranken, bei dem sich abzeichnet, dass der darin bestattete Mann zwei Arten von Aufgaben in sich vereinigt haben dürfte: die eines mächtigen Herrschers (dafür spricht die für damalige Zeit ungewöhnliche Beigabe von Schwert und Lanze) und die eines Priesters (denn das bronzene Modell eines außergewöhnlichen Kultgegenstandes fand sich in seinem Grab, ein von Vögeln gezogener Wagen, der einen Kessel trägt). Dieses Grab wurde für mich zum Anhaltspunkt für die doppelte Funktion des Camos als *Herrscher-Priester*. Die Waffen, die Camos besitzt und die ihn als ebenso reichen wie mächtigen Herrn ausweisen, sein Schwert, sein Helm, sein Brustpanzer, sein Schild, die Beinschienen und die Bronzenieten des Ledermantels, existieren. Sie wurden jedoch nicht an einem einzigen Ort in dieser Zusammenstellung gefunden, sondern es sind urnenfelderzeitliche Gegenstände verschiedener Herkunft. Nur ein weit gereister Mann mit weit gespannten Beziehungen konnte dergleichen besitzen.

Naheliegend ist, dass ein solcher Herr einen Jungen als persönlichen Diener hatte, aber für diese Zeit und Gegend nicht nachgewiesen. Weil unsere Sprache kein für einen solchen Jungen wirklich treffendes Wort bereithält, habe ich ihn mit dem aus dem Mittelalter stammenden Wort »*Knappe*« bezeichnet.

Und Mara, die sich einmal gewünscht hat, Camos' Knappe zu sein – sie ist mir so vertraut geworden, dass ich das Gefühl habe, ich hätte sie nicht erfunden, sondern sie hätte wirklich gelebt, damals am Federsee, vor über 2800 Jahren …

Gabriele Beyerlein

Von Gabriele Beyerlein ebenfalls
bei Thienemann erschienen:

Der Schatz von Atlantis
Der schwarze Mond
Der Berg des weißen Goldes
Das Mädchen mit dem Amulett
In Berlin vielleicht
Berlin, Bülowstraße 80a

Beyerlein, Gabriele:
Der goldene Kegel
ISBN 978 3 522 17904 1

Dieses Buch erschien erstmals 1991 im Arena Verlag, Würzburg.

Gesamtausstattung: Daniela Chudzinski
Einbandtypografie: Michael Kimmerle, Stuttgart
Innentypografie: Marlis Killermann, Winnenden
Schrift: Aldus roman und Quartet
Reproduktion: Immedia 23, Stuttgart
Satz: KCS GmbH, Buchholz/Hamburg
Druck und Bindung: Friedrich Pustet, Regensburg
© 2007 by Thienemann Verlag
(Thienemann Verlag GmbH), Stuttgart/Wien
Printed in Germany. Alle Rechte vorbehalten.
5 4 3 2 1° 07 08 09 10

www.thienemann.de